PURA PAIXÃO

© 2014 by Ivete Sangalo

Direitos de edição da obra em língua portuguesa no Brasil adquiridos pela AGIR, um selo da EDITORA NOVA FRONTEIRA PARTICIPAÇÕES S.A. Todos os direitos reservados. Nenhuma parte desta obra pode ser apropriada e estocada em sistema de banco de dados ou processo similar, em qualquer forma ou meio, seja eletrônico, de fotocópia, gravação etc., sem a permissão do detentor do copirraite.

CIP-BRASIL. CATALOGAÇÃO NA PUBLICAÇÃO
SINDICATO NACIONAL DOS EDITORES DE LIVROS, RJ

S225p

Sangalo, Ivete.
   Pura paixão: minhas histórias, dicas, rotinas e inspirações / Ivete Sangalo – Rio de Janeiro: Agir, 2014.
   224 p.

ISBN: 978.85.220.3035-4

1. Músicos – Brasil - Biografia. 2. Música popular – Brasil. I. Título.

CDD 927.80
CDU 929:78.067.26

EDITORA NOVA FRONTEIRA PARTICIPAÇÕES S.A.
Rua Nova Jerusalém, 345 – Bonsucesso
Rio de Janeiro – RJ – CEP: 21042-235
Tel.: (21)3882-8200 – Fax: (21)3882-8212/8313
www.ediouro.com.br

IVETE SANGALO

PURA PAIXÃO

Minhas histórias, dicas, rotinas e inspirações

Em depoimento a Jorge Velloso

SUMÁRIO

06 . Apresentação por Ana Maria Braga
10 . Ser caçula * O começo da vida
20 . Aprendi com a minha mãe
26 . Aprendi com o meu pai
32 . Canto com amor * A primeira vez no palco
46 . O sucesso
50 . Carnaval
58 . A primeira vez ovacionada
66 . Sou uma artista (quando foi que bateu isso)
72 . Amigos
82 . Amor e maternidade
98 . Meu foco é a saúde
106 . Sozinha e com a imprensa
112 . Responsabilidade
125 . Minhas receitas
160 . Galeria de fotos
193 . Discografias

APRESENTAÇÃO

Lembro quando aquela garotona entrou no palco. Alta, magrinha, os cabelos compridos com enfeites coloridos em um penteado rastafári. A nova vocalista da Banda Eva seria apresentada ali, no meu programa noturno, o *Ana Maria Braga Show*. Diante das câmeras, me encarreguei de anunciar, como um mestre de cerimônias: "Com vocês... Janete Sangalo!" A diretora do *Note e Anote*, meu programa diurno na época, se chamava Janete: daí a gafe. Ivete e eu nos tornamos amigas e, durante anos, sempre que me ligava, ela dizia: "Oi! É a Janete!"

Desde aquela apresentação atrapalhada, acompanhei o crescimento e o sucesso daquela menina doce e iluminada. A vida não dá nada de graça a ninguém, e não foi diferente no caso dela. Suas conquistas não aconteceram por acaso. Sim, ela tem um dom especial. Sem dúvida, o poder e o espírito criativo compõem sua essência. Mas ela cuida. Sabe tomar conta, fazer crescer. Ao longo dos vinte anos de carreira que celebra em 2014, enfrentou dificuldades e grandes desafios, e soube superá-los com energia, carinho e generosidade.

A generosidade não é condição primária num artista. Há aqueles que desfrutam da fama sem ela. Há os que merecem os aplausos pelo trabalho que desempenham, mas fora dos palcos ou longe dos refletores não prezam pelo contato sincero, pela proximidade com interesse legítimo, não cultivam qualquer empatia. Ivete faz parte de outra categoria. Ela se doa, tem curiosidade autêntica com o que é humano, gosta de gente, acolhe, compartilha, divide, chora, gargalha. Sempre me emociono ao ver como trata os fãs. Se está em uma rodinha de amigos e um fã se aproxima, ela o recebe como um novo amigo. Quer saber quem é, de onde veio, qual a sua história. As pessoas lhe são íntimas. Ela ama a convivência, a troca, o encontro.

Assisti ao show no Madison Square Garden, em Nova York, e posso dizer que é notável como ela ocupa o palco, como cresce e explode igual a uma força da natureza. São raríssimos os artistas com esse nível de domínio. É evidente que não se trata apenas de talento — não que o talento seja pouco. Há muito trabalho nesse processo. Incontáveis horas de ensaio, aprimoramento, repetições. Ela é uma profissional que se envolve nos detalhes: checa a iluminação, confere o cenário, analisa o figurino, repassa as marcações das coreografias, prepara-se fisicamente, dá palpite em tudo. É uma trabalhadora obsessiva, perfeccionista, e sabe tudo o que acontece antes e durante seus shows. Seus extremos níveis de profissionalismo e técnica encontram na simplicidade não uma adversária, mas uma aliada — sem a qual provavelmente o fascínio que ela causa não seria tão estupendo. É com absoluta naturalidade que ela ocupa seu espaço e nos encanta.

A Ivete chegou ao topo. É uma artista reconhecida, uma mulher admirável. Construiu sua trajetória sem se desconectar de suas origens, sem esquecer os valores familiares e as pessoas amadas. Tornou-se também uma mulher cheia de responsabilidades, mas que nunca deixou de ser menina. Sempre que a vejo, me vem à memória aquela menina de olhar luminoso e cabelos enfeitados, a "Janete".

A alguns escolhidos, Deus dá uma estrelinha especial. Ivete Sangalo cuida bem do brilho dessa estrelinha que recebeu dos céus.

SER CAÇULA *
O COMEÇO DA VIDA

"Livrai-nos de todo mal. Amém." Ali, todos juntos, abraçados — eu, meus músicos e toda minha equipe — pedimos bênçãos e forças. Depois, subo cada degrau mentalizando e agradecendo por tantos momentos maravilhosos nesses últimos vinte anos de carreira. Chego no topo do trio e um filme ainda passa na minha cabeça. Olho o mar, o Farol da Barra, e sinto em cada olhar que vem das sacadas, dos camarotes, da pipoca e dos integrantes do meu bloco o carinho que me dá forças durante todos os dias desses anos. Comemoro. Derramo toda a minha energia em cada estrofe cantada, em cada refrão repetido e em cada coreografia. É Carnaval na minha Bahia e ali construí a minha carreira, a minha história. O primeiro acorde é entoado. Estou no olho do furacão e esse furacão sou eu mesma: Ivete Sangalo.

• • •

Minha mente volta a Juazeiro. Na sala da minha casa, meu pai com a viola a tiracolo dá a primeira nota. Bem miudinha, ainda com três anos, canto "Maré cheia", de Clara Nunes. Foi a primeira vez que cantei em público — formado pelos amigos do meu pai, que sempre se reuniam para saraus lá em casa. Ele achava que eu levava jeito e por isso adorava me exibir para eles. Começava a tocar, ia modulando minha voz, e eu entoava as músicas que ele felizmente me colocava para ouvir. Ele adorava quando eu cantava "O bêbado e o equilibrista". Acho muito engraçada a maneira que ele gostava de me exibir para os amigos, porque a mesma coisa acontece comigo atualmente. Meu filho, Marcelo, toca bateria e percussão muito bem, e adoro me mostrar às custas dele. É a mesma sensação que meu pai tinha. "Olhem! Ela é pequena e sabe fazer tudo isso", dizia ele.

Acho que a introdução da música na vida do Marcelo aconteceu do mesmo modo que na minha. Já nasci com música ao meu redor, em 1972, caçula de seis irmãos — ao todo éramos três meninas e três meninos. Desde que me entendo por gente, me lembro dos instrumentos espalhados pelo chão, da radiola tocando João Gilberto, Maysa,

Nelson Gonçalves, Dolores Duran, Pixinguinha e Cartola. Meu pai era obcecado por música. Entendia, estudava e era muito mais do que eu sou hoje. Todo tempo de descanso dele era dedicado à música. Ele e minha mãe passavam horas organizando os discos, e já vi muitas vezes meu pai dormindo abraçado ao violão.

Mas não foi só a mim que ele levou para o mundo da música. Sou só uma pontinha daquele iceberg sonoro. Minha irmã mais velha, Mônica, por exemplo, estudou e toca violão muito bem. Descendente de espanhol, meu pai foi à Europa quatro vezes na vida e em todas as oportunidades trouxe um violão para ela. Cresci vendo, entendendo e tendo apreço por um bom violão e tudo que ele pode nos proporcionar.

A casa que eu morava era grande, com quatro quartos e duas salas imensas, localizada no bairro de São Francisco Country Club. Um presente dado por meu pai à minha mãe quando nasci. Havia uma horta, uma amendoeira vistosa e uma varanda de pedras vermelhas. Adorava me divertir por ali ou na caixa d'água que fazíamos de piscina. Mas na real, o que me animava de verdade era participar das nossas reuniões musicais familiares.

Todos meus irmãos tocavam algum instrumento. Uns muito bem, outros mais ou menos, é verdade. Costumávamos sentar todos juntos para tocar: um com o timbau invertido, outro com o pandeiro, agogô... Meu pai e Mônica ficavam com os violões e minha mãe, toda linda, cantava. Ela tinha total noção de tons e ritmos. Acho que herdei isso dela.

Muitas vezes faltava luz no meu bairro em Juazeiro e eu adorava, porque sempre que isso acontecia corríamos para a porta para cantar. Meu pai pegava o violão e cantávamos com ele. Só tinha uma hora que eu emudecia: quando minha mãe começava a cantar lindamente, cheia de swing, sempre na batida correta e com a mais pura afinação. Meu pai era apaixonado por música, mas

"JÁ NASCI COM MÚSICA AO MEU REDOR"

minha mãe era da música. Aquilo fazia parte da natureza dela.

Acho que faz parte da minha também. Inclusive, um dos dias em que mais fiquei feliz na casa de Juazeiro foi quando meu pai comprou uma radiola para a gente. Era uma radiola porreta mesmo, da Phillips, e cada um de nós tinha um horário determinado para usar. O negócio era organizado para não ter briga, e, durante a semana, todos tinham que usar fones para não atrapalhar o outro irmão a estudar. Eu ficava ali, deitada no chão, com a cabeça recostada numa almofada colada no aparelho de som, ouvindo Stevie Wonder. Pegava o disco *Mel*, de Maria Bethânia, e ficava curtindo aquela voz maravilhosa. Eu gostava até da textura da capa em alto relevo.

Ah! Foram tão bons os meus anos em Juazeiro! A vida lá sempre foi tranquila e minha infância foi realmente o alicerce para meus dias atuais. De fato, uma época em que fui criança o tempo todo. Não tinha negócio de calcinha: já saía de casa com o biquíni como roupa de baixo. Me juntava com meus irmãos e amigos e íamos sempre tomar banho no rio São Francisco. Com a roupa ainda molhada, tomávamos geladinho, brincávamos de esconde-esconde, elástico, pega-pega, invadíamos as casas em construção para brincar.

Era o maior barato. E sempre tinha um futebolzinho; fosse nos campinhos ou nas ruas de paralelepípedo mesmo, a gente se divertia muito. Meu irmão Marcos era doente por futebol e colocava Cynthia, minha outra irmã, e eu para jogar em qualquer lugar.

Uma vez, dormi na casa de uma amiga e durante a madrugada resolvemos aprontar uma: pegamos vários lençóis, nos vestimos de fantasmas e saímos pela rua assustando os outros. Aquilo foi tão engraçado que repetimos várias vezes. A gente também gostava muito de brincar de apresentação de circo, e de reencenar o programa de auditório da apresentadora Tia Arilma. Eu a imitava, fazia sorteio de cartas, show de calouros... O melhor é que a gente cobrava para as pessoas assistirem. Éramos uma turma muito sapeca e esperta.

• • •

//SER BAIANA

NÃO TEM A MENOR POSSIBILIDADE DE EU SAIR DA BAHIA. Só se tivesse uma necessidade. Por exemplo: se alguém me falasse que meu trabalho só seria perpetuado se eu me mudasse, aí não teria alternativa. Mas isso nunca aconteceu. Tenho paixão pela Bahia, é onde sei dirigir e tenho meus cantinhos... Quero que meu filho seja criado na Bahia, porque é um lugar que ainda tem hábitos que gosto. É a minha inspiração para tudo.

Sinceramente acho que minha *baianidade* também ajudou. Pelos nomes que a Bahia apresentou na música, tudo leva a crer que ser baiana ajuda, não é? Nossas raízes, as influências, o sincretismo religioso e a maneira que as pessoas lidam com a sexualidade, tudo isso, acho, contribui na música. Somos um povo tranquilo e que fala devagar por influência do mar. Bonita essa frase, né? Minha fonoaudióloga que me ensinou.

APRENDI COM A MINHA MÃE

Sinto saudades da minha mãe, que faleceu em 2001. Queria que ela estivesse aqui, aproveitando tudo que está acontecendo comigo. O pai do Marcelo é nota mil, mas uma avó que olhasse meu filho e a quem eu pudesse dizer: "Faça o que quiser porque vai saber fazer" seria tudo! Minha mãe nunca me negou atenção. Se eu dissesse "Mãe, estou com frio", ela me aquecia; "Mãe, estou com fome", ela me dava comida; "Mãe, estou com sono", ela me oferecia colo; "Mãe, quero ficar aqui, entrando em você" — porque a gente entra na mãe, né? —, ela estava ali. A atenção sempre foi a base da nossa relação e quero que seja assim com meu filho também.

Com a morte da minha mãe, preenchi a minha vida com outras coisas. Para lidar com esse vazio, eu fazia reuniões, saía com os amigos e rezava. Agora, com a minha família, me sinto completa e serena. Minha mãe sempre dizia que eu não podia pular etapas, que tinha que esperar o que estava guardado para mim.

> **MINHA MÃE ERA SUPERENGRAÇADA, EXTROVERTIDA, ADORAVA RISOS E PIADAS.**

Sempre fui uma pessoa com acesso tranquilo e intenso ao amor. Desde que nasci, fui muito amada e muito cuidada. É como uma sequência de acertos — minha mãe comigo e eu daqui por diante — que vai formando uma cadeia positiva de amor. Sempre fui feliz, só que agora me sinto mais completa. Pronto, a expressão certa é esta: mais completa.

Minha mãe era superengraçada, extrovertida, adorava risos e piadas. Fui bastante mimada: ela me deixava chupar dedo, comer as coisas que eu queria, era toda boba comigo. Mas é exatamente aí que notamos a importância da educação. Hoje em dia, com meu filho, posso ver isso. Ele se comporta de uma maneira quando estou, mas sabe se virar perfeitamente quando não posso estar perto. Na minha vida também era assim. Quando dona Maria Ivete Dias de Sangalo estava, tinha aquela coisa boa de mãe, uma certeza de proteção e de poder, mas se ela não estivesse eu sabia como me resolver.

Foi ela quem me falou sobre sexo:

— Não se assuste. Isso vai acontecer quando os dois quiserem.

Minha mãe era incrível. Eu me lembro dela tomando anticoncepcional para não menstruar, olhe só! Ela já tinha ligado as trompas, mas tinha uma TPM de quebrar a casa. Ela dizia para mim:

— Eu dei sorte com seu pai porque casei virgem e encontrei um homem bom de traço.

Eu lembro que minha mãe adorava botar apelido nas pessoas, sacanear, mas sempre de modo divertido. Ela sempre foi alto-astral, gostou muito de viver. Cantava muito samba e, por isso, se me perguntarem o que mais sei cantar, responderei sem titubear: samba. Foi o samba que aprendi pela voz e swing da minha mãe que gerou minhas interpretações de axé music, samba-reggae e galopes. Ela gostava muito de cantar Carmen Miranda, Mercedes Sosa, Marlene. Tinha uma voz linda, tom soprano e uma extensão invejável. Dona Maria Ivete tinha a mais bela voz do coro da igreja e repassava para a gente muitas técnicas.

Morena, olhar firme, sorriso debochado, minha mãe era uma gata e felizmente muitos falam que eu me pareço com ela. Me considero uma sortuda por ter herdado a sua musicalidade, o seu jeito e principalmente o seu caráter.

● ● ●

APRENDI COM O MEU PAI

A vida inteira, meu pai, Alsus Almeida de Sangalo, foi comerciante. Casou com minha mãe sem um puto na mão e começou a vender o que tinha. Trocava coisas e comercializava móveis, até que conseguiu abrir sua própria loja. Depois passou a vender prata e ouro e logo aprendeu a desenhar o que vendia: se tornou designer de joias e caixeiro viajante. Ele, autônomo total, visitava as cidades comercializando as peças que criava. Seu Alsus sempre se virou para nos proporcionar uma vida boa e pagar escola particular para os seis filhos. Todo ano letivo era calça, mochila, merendeira, tudo novo.

Uns quatro anos antes de morrer, ele nos chamou para falar de crise pela primeira vez. O valor do ouro tinha subido e os negócios dele tomaram outros rumos. Foi quando ele tentou ver se eu e Cynthia tínhamos talento para as vendas, e fazia bijuterias para vendermos na escola. Como nunca tive tino para o comércio, meus irmãos mais velhos seguraram a onda.

Meu pai adorava assoviar, fosse para se acalmar ou para melodiar as muitas canções que não saíam um minuto sequer da sua mente. Passava o dia organizando os discos com minha mãe e promovia na nossa casa semanas da mais pura boa música com especiais dos artistas que mais gostava. Tinha semana João Gilberto, semana Tom Jobim e tantas outras que aguçaram nosso paladar musical.

Ele passava 15 dias viajando a trabalho, e quando voltava para casa tinha que se dividir entre os filhos, minha mãe e os amigos. Lembro dele sempre nos ensinando. Toda vez que tínhamos uma pergunta para ele, éramos instruídos a pegar a enciclopédia Barsa. Mesmo sabendo, ele incentivava que buscássemos a resposta e levei isso para minha vida. O respeito aos mais velhos e a máxima "Nunca compre em crediário" são outras coisas que ele sempre fez questão que seguíssemos.

Bom conversador e sempre cheio de histórias, ele aproveitava o dia a dia para pontuar o comportamento dos filhos. "Uma mocinha não faz assim" e "Guerra é para quem não sabe dialogar" são exemplos disso. Ele era participativo e tinha uma paixão muito grande em defender a gente. Não era raro pegá-lo emocionado, cheio de lágrimas nos olhos, pelo simples fato de ver todos os filhos juntos, sentados quietos, assistindo televisão. "Vocês podem estar sempre errados, mas estarão sempre certos", dizia ele.

> **SEU ALSUS SEMPRE SE VIROU PARA NOS PROPORCIONAR UMA VIDA BOA**

Nossa! Quantas vezes quebrei coisas na escola e ele não deixava que ninguém reclamasse duramente comigo? E mesmo agindo assim, ele não permitia que fôssemos mimados.

Meu pai era totalmente ateu, ou pelo menos ele achava isso. Eu, graças a Deus, nunca absorvi isso dele, mas meus irmãos pegaram um pouco desse discurso descrente. Um dia, ele me falou: "Se existir Deus, que ele me leve antes de qualquer filho." Ele morreu e cinco meses depois, meu irmão faleceu também. Seu Alsus teve um infarto fulminante durante um discurso sobre família na festa de 15 anos de uma afilhada dele. Por ser muito querido e viajar muito, ele fazia amigos por onde passava e essas pessoas davam filhos para ele batizar.

Ele gostava de beber uísque e jogar pôquer, mas seu lado boêmio era saciado dentro de casa. Não gostava de jogar na frente dos filhos e nunca nos deixou aprender pôquer. "É um jogo que você não precisa. Trabalhar é melhor", costumava dizer. Na rua, me mostrava pessoas que se deram mal: "Está vendo aquele ali? Já perdeu o terreno, o carro, o dinheiro da escola dos filhos..." O que tinha de passional e emotivo, tinha de frieza para o jogo. Chegou a ganhar até casa, mas sempre que precisava parar, levantava da mesa. O pôquer nunca chegou a ser um problema para ele, mas minha mãe ficava indignada algumas vezes, porque as cartas disputavam a atenção que ele dava para ela.

"Nenhum vício presta. Se você for viciado em correr, vai ter lesão no joelho. Se for viciado em mulher, vai ter nenhuma. Se for viciado em jogo, vai se quebrar", era outra coisa que ele sempre repetia.

● ● ●

CANTO COM AMOR *
A PRIMEIRA VEZ NO PALCO

No ano que completei sete anos fui morar em Salvador, porque as escolas eram melhores. Existia meio que uma cultura de quem morava em Juazeiro ir estudar na capital baiana e quem morava em Petrolina ir para Recife. Além disso, meu pai queria ampliar mais o negócio dele e viajar menos.

Era tudo muito diferente e estranhei por demais. Fomos morar em São Lázaro, no bairro da Federação. Ainda lembro o endereço todo de cor: rua Aristides Novis, nº 147, apartamento 101, telefone 235-4401. O problema maior que enfrentamos foi a clausura, já que eu ainda não tinha feito amigos em Salvador e lá só tínhamos o playground para brincar. Sentíamos falta de tomar banho no rio São Francisco e, na rua, só podíamos brincar em determinado horário porque a violência já existia na capital naquela época.

Eu morria de saudades do colégio Nossa Senhora Auxiliadora, em Petrolina. Amava minha escola. Ainda sinto o cheiro dos plásticos dos livros e dos cadernos que minha mãe forrava para mim. Eu usava um shortinho jeans curtinho debaixo da saia balonê e ia para a escola sempre muito feliz. Tenho a imagem muito forte do bebedouro no cantinho do corredor e de uma freira chamada Margarida, que sempre dava para gente pão com goiabada.

Em Salvador, estudei no colégio Alfred Nobel, na Pituba, e normalmente meu pai nos levava. Com uns dez anos, comecei a ir de ônibus com meus irmãos mais velhos e, apesar de não gostar de andar muito até o ponto, ir com eles no transporte público me devolvia a sensação de liberdade que eu tinha em Juazeiro.

No colégio, eu era hiperativa e bem barra pesada. Gostava muito de esportes e na brincadeira gostava de futebol e baleado, mas o que eu jogava para valer mesmo era handebol. Mas eu estudava... adorava redação, português, literatura. Matemática eu não gostava, mas fazia o suficiente para passar de ano.

Tinha um calendário na parede do meu quarto onde eu ficava contando os dias para as férias, para ir correndo para Juazeiro. Falava sempre para meu pai que eu não queria saber de ficar um dia de férias sequer em Salvador. Quando chegava a hora, íamos no Del Rey de meu pai, espremidos, e era uma comilança arretada. Coxinha, doce de leite em barra, muitas guloseimas. Todo mundo grudado, por conta do suor nas pernas. Às vezes parávamos para fazer um xixi, um cocozinho na estrada. Os irmãos faziam até fileirinha...

Lembro que quando a gente chegava em Feira de Santana já começavam os gritos de alegria, depois em Capim Grosso. Quando passávamos por Senhor do Bonfim, que é bem perto, Ave Maria! Recordo muito das placas no caminho. "Falta quanto, painho?", eu perguntava, toda hora, louca de vontade de chegar à minha Juazeiro. Quando a gente chegava lá, era muita emoção. Emoção mesmo, de verdade.

> **ADORAVA ME EXIBIR, MAS NÃO TINHA ESSE PENSAMENTO DE SER ARTISTA**

Uma vez, saltei do ônibus com minha mãe, próximo ao shopping Orixás Center no bairro do Politeama, em Salvador. Eu com sete anos e recém-chegada à cidade grande, não entendia direito o que estava acontecendo. Minha mãe era uma das mais animadas, fantasiada de careta. As pessoas pareciam muito felizes, mas eu não gostava de nada daquilo. Estava muito assustada. Foi quando aquele caminhão imenso surgiu com Moraes Moreira cantando, e o som que saía dali era muito forte. Estava com medo de tudo, mas algo me encantou quando Moraes começou a cantar. Era a primeira vez que eu via um trio elétrico.

Apesar de mágico, aquele encontro me traumatizou um pouco. Não quis saber mais de Carnaval em Salvador até meus 13 anos, quando assisti Luiz Caldas na avenida. Pés descalços, brinquinho, uma voz doce e o ritmo alucinante de seu fricote. Me acabei. Foi a primeira vez que participei de verdade da onda e troquei a partir dali o Carnaval de Juazeiro pelo de Salvador.

Aquilo me hipnotizou, mas confesso que realmente nem naquela hora pensei em um dia subir num trio ou em ser cantora. Eu adorava me exibir, mas não tinha esse pensamento de ser artista um dia. Sonhava em ser dentista ou jogadora de handebol. Nem mesmo quando comecei a cantar tinha a pretensão de ser famosa. Tudo ocorreu de forma natural e saudável, sem ter sido uma busca doentia.

Sempre cantei. A primeira vez que subi no palco eu tinha 11 anos. Foi durante a festa de São João na cidade de Senhor do Bonfim, no show de Oswaldinho do Acordeon, fazendo o coro de "Olha o fogo, olha o fogaréu...". Ele estava tocando na praça, e estávamos eu, meus amigos e irmãos na beira do palco quando Oswaldinho nos chamou para subir.

Foi a maior alegria e, a partir dali, eu ficava sempre às beiras dos palcos em todos shows que eu ia, querendo subir. Na escola, levava meu violão, cantava nos intervalos, participava dos festivais de música, e adolescente, com 16 anos, pintou a vontade de cantar em bar para descolar uma grana. O primeiro bar que toquei se chamava Bar do Belisca, onde comecei a fazer voz e violão.

Nessa época, quando estava na fila do banco, conheci um cara chamado Luis, não lembro o sobrenome dele. Estava com meu violão e ele perguntou: "Você toca? Vamos nos encontrar para tirar umas músicas, fazer um som?" Respondi que sim. Quando cheguei à casa dele, me deparei com vários discos massas de Raul Seixas, Luiz Melodia, Gal Costa. Nossos encontros passaram a ser mais frequentes e resolvi chamar ele para tocar comigo num bar no bairro da Pituba chamado Padock. Nessa época, eu já tinha me mudado da Federação para a Pituba.

Outra pessoa que Deus colocou no meu caminho nesse início de carreira foi Carlos Pitta. Conheci ele na rua, quando eu estava entrando no prédio que minha tia morava. Estava desesperada precisando de um violão para tocar num barzinho e ele me emprestou o dele. Foi generosíssimo. Eu era uma adolescente desconhecida, ele foi com minha cara e me ajudou. Não me cantou, nunca pediu nada em troca. Apenas me emprestou o violão que, diga-se de passagem, era muito bom.

Pouco depois disso, conheci o guitarrista Roberto Barreto, que atualmente toca na banda Baiana System, através de alguns amigos em comum e começamos a fazer shows de voz, violão e guitarra no Bar do Barão, no Clube Baiano de Tênis.

— Você tem que fazer a micareta de Morro do Chapéu, Ivete.

— Eu, fazer micareta? Não tenho a menor condição.

— Conheço o pessoal da prefeitura de lá, vou te indicar e você precisa fazer um show lá.

— Bicho, eu não sei fazer nada de Carnaval.

Mas montei uma banda mesmo assim, escolhi umas músicas de Daniela Mercury, tomei coragem e subi no trio pela primeira vez. Juro que é impossível descrever o sentimento daquela hora, mas era exatamente o mesmo que tenho hoje em dia ao começar o Circuito Barra-Ondina, em frente ao edifício Oceania, depois de duas décadas de carreira.

Ainda não sei como, mas vou descobrir outras adrenalinas que não a do aplauso. No futuro, me vejo com uma vida normal. Não adianta ter setenta anos e querer viver com a intensidade dos vinte. Há muito a descobrir na maturidade.

Hoje sinto que estou ficando mais velha e "desapurando". A vida é cheia de curvas e, se você puser o carro no piloto automático, dança.

Na carreira, a mesma coisa: aprendo muito quando não estou fazendo shows. Aprendo ouvindo, vendo e até mesmo não compreendendo as coisas. Muito da minha criatividade vem de não saber o que os outros estão fazendo. Isso me livra do risco de imitar e perder o meu, o que é novo, o que ainda não sei. Muita gente pergunta por que não dou um tempo. Arrumo um monte de justificativas. Mas na verdade, é muito por minha causa. Gosto demais de estar no palco, cuido da minha voz para poder cantar cada vez melhor, me divirto.

• • •

//SOU GEMINIANA

SER GEMINIANA É UMA LOUCURA, porque tenho uma ideia de manhã, outra à tarde e outra à noite, como qualquer um desse signo. Quando fomos fazer uma temporada de shows em agosto nos Estados Unidos, eu também estava buscando um roteiro de filme, algo ligado a ação e humor. No lançamento do DVD comemorativo de vinte anos de carreira, eu queria fazer um "combo 20 anos". Meu marido até falava: "Combo... Você tinha de fazer algo relacionado à comida."

O SUCESSO

Jamais fiquei em casa pensando: "Ai, sou um sucesso. Meu disco está vendendo muito." Não. Vendeu, vendeu. Já passou, ficou na memória das pessoas. Agora é trabalhar para começar tudo de novo. Não sou simplesmente uma marca que está ali e não precisa fazer mais nada. Não quero parar por aqui.

O dinheiro é bom demais, mas deve ser usado para solucionar. Do contrário, só atrapalha. A gente tem que saber lidar com ele. Eu respeito muito, não sou consumista. Ele me traz conforto e segurança. Por exemplo, tenho um avião porque ele é um instrumento do meu trabalho. Mas meu carro fica batendo lata até eu lembrar de trocar.

Em torno de mim existem 180 pessoas trabalhando. Durante os shows, são 45, entre técnicos, banda, maquiador... Às vezes dá preguiça, e aí o que me estimula é honrar os compromissos que tenho com toda essa gente.

Não quero estar em primeiro lugar nas paradas americanas, não quero ser o disco mais vendido dos Estados Unidos. Quero ir para lá fazer um show para o meu público, não para aqueles que não querem ouvir o meu som, sacou? Me render a outro som seria uma loucura. Só posso fazer carreira nos Estados Unidos se eu cantar em inglês e me adequar ao ritmo deles?! Nada disso. Quando o U2 vem ao Brasil não toca nenhum enredo de escola de samba.

O que é um porre é essa coisa de fazer cabelo, maquiagem, escolher roupa, ter os profissionais em cima, mexendo no meu corpo. Tem dias em que tudo dói: tocar no cabelo dói, o figurino aperta o peito, entra na bunda, dá falta de ar. Mas não tem como associar conforto, beleza e notoriedade. Quero estar linda. Então, *bora* sofrer: ai, ai! Uma vez, num Carnaval, a barbatana do corselete rasgou o forro e fez um buraco na minha pele. A adrenalina do palco anestesia tudo e não percebi a ferida, que sangrou muito. Mas estava linda!

Eu me acho uma mulher fa-mo-sa. Em todo canto que chego, as pessoas me reconhecem, seja pela altura, pelas pernas, pelo cabelo. Quando estou num lugar em que as pessoas não me reconhecem imediatamente porque estou de boné e quero ser notada, digo: "Boa tarde!" Aí todo mundo fala: "Hã?!?!" Isso é maravilhoso porque não é uma popularidade apenas de imagem. É do que me propus a dividir com as pessoas: a voz. Não sei se sou a cantora mais popular de todos os tempos, mas, que me acho popular, me acho muito.

● ● ●

CARNAVAL

— Leva o carro, *motô*!

O Carnaval está pegando fogo. Sinto o calor do povo (não é uma metáfora, é de verdade mesmo) subir no trio. Gosto por demais de me sentir amada pelo público e de responder a eles passando toda animação possível através da minha música. Peço para o trio parar em frente ao camarote Expresso 2222, do meu mestre, ídolo e muso Gilberto Gil. Ele está ali, lindo, vestido de filho de Ghandi, e me pede para cantar uma música dos tempos de Banda Eva.

• • •

Minha mente volta àquela micareta de Morro de Chapéu e como tudo começou. A banda que montei às pressas era maravilhosa, o repertório agradou e o público estava adorando tudo. Jonga Cunha estava no bar com o pessoal da Companhia Clic e me viu cantar.

Na volta para Salvador, o ônibus que eu estava quebrou — o esquema era "qualquer nota" — e pegamos carona no ônibus da Companhia Clic. Foi quando conheci Jonga.

— Poxa! Você que estava cantando no trio mais cedo?

— Era eu sim. — respondi, me achando.

— Você canta muito. Devia participar de um projeto chamado Troféu Caymmi. Posso te ajudar a preparar uma apresentação bacana.

Jonga era conhecido por descobrir novos talentos na música baiana e segui as ideias dele.

Esse show do Troféu Caymmi me rendeu o prêmio de cantora revelação. Depois fiz três dias *sold out* do Bar Canoa cantando Tim Maia, Cassiano etc., sem relação com Carnaval.

Os amigos de Jonga do Bloco Eva foram assistir à terceira apresentação e me perguntaram se eu queria ser a cantora da Banda Eva.

> **MAS NÃO PERDI MEU TEMPO COM TRISTEZA E LOGO COMECEI A ENSAIAR COM A BANDA EVA.**

Sem pestanejar, respondi:

— Rapaz, eu quero. Mas antes pretendo fazer uma temporada no teatro Maria Bethânia.

Resultado da temporada? Meus familiares foram meu único público. Fiquei tão triste. Nessa época o bicho pegou para mim e minha família. Meu pai morreu e, cinco meses depois, meu irmão também nos deixou. Um acidente horrível — ele foi atropelado — e uma dor muito grande. O plano Collor afundou ainda mais a gente, já que a sobra do dinheiro da venda do apartamento que tínhamos foi toda embora. Eu fazia voz e violão em barzinhos e trabalhava na loja Forum, no shopping Iguatemi. Minha mãe começou a fazer quentinha para Cynthia e eu vendermos para as colegas que trabalhavam no shopping. Tivemos que nos virar.

Mas não perdi meu tempo com tristeza e logo comecei a ensaiar com a Banda Eva. Passei um ano tocando de graça nos lugares até que a Sony Music fez uma audição, me ouviu e assinou contrato conosco. Em 1993, os ensaios aumentaram. Ouvimos vários compositores, escolhemos as faixas e, paralelamente, fazíamos festinhas, chopadas e o negócio foi ficando bom.

Começamos a gravar o primeiro disco e nosso *single* "Adeus bye-bye" começou a tocar nas rádios. Lembro como se fosse hoje, minha mãe e eu parando a faxina de casa para ligar para a rádio, pedir a canção e concorrer a um ferro de passar.

Antes mesmo de lançarmos o álbum em 1993, intitulado *Banda Eva*, ninguém menos que Maria Bethânia resolveu colocar "Adeus bye-bye" no repertório do show dela. Durante uma coletiva perguntaram a ela o motivo de incluir aquela canção de autoria de Guiguio do Ilê.

— Porque a menina que está cantando essa música vai se tornar a maior cantora do Brasil — respondeu ela, me enchendo de alegria.

Mesmo ouvindo aquilo vindo de uma das maiores cantoras do país, mantive a minha tranquilidade e, apesar de lisonjeada, agi com naturalidade.

O primeiro dia de trio foi de pânico. Aliás, toda vez que aparece uma cantora nova no Carnaval, peço para Deus cuidar. Rezo por mim e por ela, porque não é fácil. Eu tinha o temor da responsabilidade. Queria fazer bonito, cantar direito, mas depois que cantei "Adeus bye-bye", a minha primeira música na avenida, tudo fluiu.

No ano seguinte, lançamos o álbum *Pra abalar*, que já chegou ao mercado com duas músicas estouradas nas rádios de todo Brasil: "Flores" e "Alô, paixão". Em menos de um mês o disco vendeu quarenta mil cópias.

• • •

A PRIMEIRA VEZ OVACIONADA

Acho que a primeira vez que fui ovacionada pelo público foi quando cheguei no Relógio de São Pedro no Carnaval de 1994 e cantei "Alô, paixão". Poucas pessoas sabiam meu nome, mas quando o solo começou, foi uma gritaria. Sempre achei que aquilo era o fator sorte conspirando a meu favor — na verdade até hoje acho isso.

Eu achava tudo maravilhoso, mas nunca passou pela minha cabeça ser um sucesso no Brasil. A minha carreira sempre foi uma comemoração a cada passo que eu dava.

• • •

E hoje estou dando mais um. É Carnaval e a alegria está em cada canto da minha Salvador. Nosso trio está chegando no Morro do Cristo e eu, Ivetinha da Bahia, estou descendo a madeira. Lá embaixo avisto uma bandeira do Rio Grande do Sul, uma de Pernambuco e outra de São Paulo. A união de todos os estados ali, prestigiando a minha terra, a minha música e a minha apresentação. Lembro de quando comecei de fato a me tornar conhecida em todo Brasil.

• • •

Acho que para valer mesmo foi em 1995, época que eu puxava o bloco Adão. Nesse ano, nós da Banda Eva lançamos o álbum *Hora H*, que impulsionou nacionalmente nossa banda por conta do sucesso da música "Me abraça". O CD vendeu mais de duzentas mil cópias e, a partir dali, comecei a percorrer o Brasil fazendo shows e micaretas.

Sem que eu notasse, a minha carreira estava em ascensão e a Banda Eva cada vez mais conhecida. Assumi o comando do Bloco Eva e lançamos o álbum *Beleza rara*, que vendeu mais de meio milhão de cópias.

O disco seguinte foi um estouro e a história foi tomando proporções maiores. Nosso *Banda Eva ao vivo* vendeu mais de dois milhões de cópias e as canções que caíram mais no gosto do povão foram "Levada louca" e "Arerê". Eu gosto muito mais de fazer disco ao vivo do que de estúdio. Sou uma cantora de "ao vivo", de fazer pular, emocionar ao máximo, e talvez eu tenha conseguido levar isso para esse disco.

Eu estava bem feliz e mantendo a mesma tranquilidade em relação à fama que sempre tive. Gosto demais de ter sucesso e me dou bem com ele, o trato mais como um amigo do que como uma intenção. Vigio para que qualquer sofrimento que eu venha a ter com relação a isso não me desfavoreça. Vivo os meus dias de sucesso, mas às vezes paro e penso: "Respire fundo, Ivete. Não se deixe levar, não se angustie com essa ou aquela situação."

Aprendi muito com minha carreira que o sucesso já existe e que o que tiver reservado irá acontecer. Quando a fama vem, você acha que tem que estar em tudo, fazer tudo, bombar. Eu discordo. Você não pode ser tudo, porque isso traz a exaustão. O que mais me incomoda do sucesso é ter que esclarecer as intrigas, as fofocas. A sua verdade

> **O CARNAVAL É UMA DELÍCIA, E NÃO EXISTE NADA PARECIDO EM LUGAR ALGUM DO MUNDO.**

se sobrepõe à mentira de qualquer outra pessoa, mas o chato é que qualquer resposta dada não será a verdade absoluta porque não convém a outras pessoas. É chato gastar muitas horas para responder três, quatro vezes sobre algo que não tem veracidade alguma em vez de poder falar sobre seu trabalho.

O público, a música, estar ali em cima pirando: o Carnaval é uma delícia, e não existe nada parecido em lugar algum do mundo.

● ● ●

// AMOR DE FÃ

SÃO VINTE ANOS E PARECE QUE ESTOU COMEÇANDO AGORA. É
uma energia impressionante que recarrego diretamente dos meus fãs. É sempre massa estar com eles.

O assédio não me incomoda e acho que as pessoas entendem. É o seguinte: quando você vai para a rua querendo ser notado e ovacionado, vai e tem que se preparar para isso. As pessoas me conhecem e não é nenhum incômodo o assédio em cima de mim.

Eu tenho noção dos limites do meu ir e vir em determinadas circunstâncias. E existem várias maneiras de chegar a esses lugares e ter privacidade, mesmo que seja uma privacidade vigiada. Não se pode ter tudo também. Toda essa coisa é uma renúncia. Eu e umas amigas minhas estávamos conversando e elas disseram: "Coitada de Ivete, não pode nem ir ao supermercado." Eu disse: "É, coitada de mim, não posso nem ir ao supermercado, não posso ir à feira, só posso ir ao supermercado em Nova York..." Ah, coitada de mim? Coitada de quem tem que ir ao supermercado todo dia.

SOU UMA ARTISTA (QUANDO FOI QUE BATEU ISSO)

A Barra está ficando para trás. Estamos passando pelo Clube Espanhol e quase chegando em Ondina. Na ladeira do Morro do Gato o povo está fazendo a festa. Um pouco mais à frente, um cartaz na janela de um dos apartamentos diz: "Deus abençoe sua vida, Ivete." Fecho os olhos, me lembro de quantas bênçãos recebi e do momento mais emocionante de todos os meus carnavais: o dia da minha despedida da Banda Eva.

● ● ●

Era terça-feira de Carnaval, o trio entrava no bairro Campo Grande. Escolhi cantar ali "Minha pequena Eva". O povo enlouqueceu e eu chorava igual a uma criança. O público gritava meu nome e muitos foliões choravam comigo. Chamei todos os componentes da banda para frente do trio e agradeci a cada um. Muito emocionada, pedi licença a todos e disse:

— Eu aprendi a cantar na Banda Eva, aprendi a dançar na Banda Eva, aprendi a fazer minhas maluquices na Banda Eva e acho que conquistei vocês na Banda Eva. Queria dizer que estou triste e alegre ao mesmo tempo, porque estou partindo para uma coisa minha, mas fico muito triste mesmo de sair dessa banda. Vim agora cantando os sucessos todos e vieram à minha cabeça todos os arranjos, os estúdios, os grandes shows e o que fizemos em cima de qualquer lugar. Aqui aprendi que sou como vocês e não sou melhor do que ninguém que está aí embaixo. Só quero ser melhor com vocês.

Eu sabia que tinha um futuro e que conseguiria realizar mais coisas. Meu choro ali era de saudade, de pura gratidão. A sensação era de que tudo de bom iria acontecer e mesmo que não ocorresse estava tudo certo também. Sem grandes cobranças, estava pronta para seguir em frente. Enxuguei as lágrimas e desci a madeira.

Horas depois de tanta emoção, lá estava eu na Barra. Era Quarta-Feira de Cinzas, minha nova banda estava ensaiada e era hora de estrear como Ivete Sangalo no Arrastão. Carlinhos Brown e

"SÓ QUERO SER MELHOR COM VOCÊS"

toda sua excentricidade, sua musicalidade e seu axé saíram na minha frente. Nós fomos atrás com tudo e o resultado foi tão positivo que até hoje saio no Arrastão, todas as Quartas de Cinzas.

Se aquele povo todo não se cansa, não sou eu que vou me cansar, não é mesmo? O Arrastão não é apenas para os foliões mais animados, mas principalmente para a galera que trabalhou durante os sete dias de festa e que só tem aquele momento para se jogar na mais pura alegria. A impressão é que o público e eu não queremos que a festa acabe jamais.

Acho que o Carnaval é o evento mais maravilhoso do ano e sempre criei muitas expectativas em torno dele. A preparação é intensa, com pelo menos um mês fazendo um trabalho específico para malhar a voz, sem falar de exercícios de força, condicionamento e alimentação. Não pode tomar isso, comer aquilo... Não é nada fácil.

Fico tão pilhada que sinto palpitações nos dias que antecedem, perco o sono e, quando consigo dormir, muitas vezes sonho com problemas nos circuitos da folia. Já sonhei até que estava correndo atrás do trio, gritando, pedindo que me esperassem porque estava atrasada.

A adrenalina é especial quando a festa começa. Acho que a proposta toda do Carnaval enaltece a folia, para mim, não só como artista, mas também como filha da terra, que ama esses dias. Na Bahia, aquele momento do ano é diferenciado em todos os aspectos. Algumas vezes, penso que podia ter nascido num lugar em que só veria o Carnaval pela televisão. Ao contrário, nasci na Bahia, faço e sou parte do Carnaval e me sinto imensamente feliz e orgulhosa. Acho extraordinário o conceito de festa popular, a movimentação das pessoas, a geração de emprego, a fervença cultural. Nosso Carnaval é massa — e nossa música também.

Acho o axé muito pop e por isso alcançou tantas coisas. É excêntrico, forte, um ritmo de personalidade, que transmite um sentimento libertador. Contudo, creio que a música da Bahia está passando por um momento de respirar fundo e buscar novas influências, para assim poder traduzir ainda mais as coisas boas que a gente tem.

Às vezes me perguntam se eu não sou mais axé. Como assim? Por que não? Eu sou axé. Axé é uma expressão de personalidade e nós que pertencemos a ele temos muita força. Nem ouço os que tentam nos depreciar, porque só se fala mal do que não se consegue fazer igual.

• • •

AMIGOS

Já ouvi falarem que gosto de dar uma força para outros artistas do meio, mas eu vejo isso apenas como companheirismo. Acho importante a gente se juntar, reiterar o que está sendo feito. Prestigio meus amigos da música, mas não chamo isso de ajuda. Tenho o maior prazer em fazê-lo, em saber que sou uma pessoa conhecida e que se eu notar alguém, as pessoas podem notar junto. Isso é muito bom. Porém, por mais que eu chegue junto, prestigiando a carreira de um artista, ele(a) terá que fazer seu próprio caminho.

E o meu nunca deixei de trilhar e seguir. Já como artista solo lancei no final do primeiro semestre de 1999 meu primeiro CD, que levou o meu nome. O maior sucesso do álbum foi "Se eu não te amasse tanto assim", um presente de Paulo Sérgio Valle e Herbert Vianna. Muitos casais me dizem que essa canção embalou o romance deles e eu adoro isso.

No ano seguinte, realizei o sonho de ter Gilberto Gil, um dos meus grandes ídolos, gravando a música "Balanço black" no meu segundo CD, *Beat beleza*. Aliás, cantar com os grandes nomes que eu escutava na radiola em Juazeiro foram momentos inesquecíveis nesses vinte anos. Há pouco tempo quase tive um piripaque com Djavan.

Estava no show dele em Salvador quando ele me propôs cantar ao seu lado.

— Vou chamar aqui uma cantora nova da Bahia, que vocês podem não conhecer. Quero que deem uma força porque esses novos talentos merecem uma ajuda nossa.

Foi assim que ele me apresentou.

Aquela banda maravilhosa dele começou a tocar e entrei cantando "Meu bem querer". Saí do palco e fiquei assistindo ao show daquele homem. Dá para acreditar que ele me chamou para voltar? Voltei, é óbvio, e cantamos — eu, ele e a plateia — "Oceano".

— Ah! Eu quero cantar outra com ela.

E lá fui eu cantar "Samurai", a música que fez parte da minha vida e dos shows pelos barzinhos onde comecei minha carreira. Ai, meu Deus! Foi demais!

Com Stevie Wonder também foi incrível. Tinha encontrado com ele no Rock in Rio do Brasil, no Rock in Rio Lisboa e fui para Brasília cantar antes do show dele. Na ocasião, resolvi tocar uma música de Stevie, já que eu nunca havia me exibido para ele.

— Vocês permitem que eu cante uma canção do grande mestre? Olhe, sr. Stevie Wonder, me dê licença, mas essa é para o senhor... — E mandei "Master Blaster".

Josie James, o backing vocal e braço direito de Stevie, cantou comigo e os integrantes da banda dele, que estavam atrás do palco, ficaram loucos pelo som da Bahia. Ficou aquela confraternização gostosa depois do show. No camarim, recebi o cantor Jason Mraz, que também havia cantado naquele dia e, quando ele estava saindo, a empresária de Stevie chegou. Achei que ela iria me convidar para assistir ao show dele do palco.

— Oi, Ivete, você se lembra de mim?

— Claro.

— Então... Stevie quer saber o que você quer cantar com ele.

Eu nunca me esqueço. Estava com Pedro Tourinho na hora. Eu falo inglês, mas achei que não tinha entendido, porque aquilo era muito absurdo para mim. Eu só fiz olhar para Pedro e ele disse:

— É isso mesmo.

Me sentei, fiquei nervosa. Bebi uma água e fui passar a música com mais um ídolo do tempo da radiola em Juazeiro: Stevie Wonder.

— Oi, Ivete.

— Oi, Stevie, como vai?

— Você quer cantar "Garota de Ipanema"?

Na hora que ele botou o tom, eu já estava pronta. Num momento, cantei numa nota e ele fez outra.

— Você está certa. A nota é a que você deu. Ah! A música brasileira. — E suspirou.

Fiquei olhando ele aquecendo aquela voz linda, e eu ali do lado. Engraçado que, na hora de cantar, fiquei tranquila, mas me arrepiei dos pés à cabeça quando ele anunciou meu nome.

Depois que cantamos "Garota de Ipanema", brincamos com nossas vozes e fui saindo do palco. Estava ansiosa querendo ligar para Daniel e para todos da minha família para contar que eu estava realizando mais um sonho.

— Volte, ele quer você de novo — disse James, enquanto me levava pelo braço até próximo ao mestre.

Stevie me pegou pelo braço e entoou "Master Blaster". Saí do palco realizada.

Como cantora, no começo, eu sonhava em fazer um trabalho bom, que as pessoas gostassem. Só me dei conta que fazia sucesso depois de quatro anos na Banda Eva. E o sucesso, o aplauso, não é exatamente o êxito, não faz de você um profissional incrível ou uma pessoa melhor, sacou? Tenho mais de duas décadas de estrada, já conquistei mais do que imaginava e mudei meus hábitos de vida. O que eu fazia em uma semana, hoje levo mais tempo. Minha prioridade é minha família.

• • •

Faço terapia tem uns 15 anos, mas é para dar uma desopilada. Porque às vezes é meio contraditório. Tudo leva a crer que minha vida não é normal. A minha vida profissional é muito grandiosa: é

> **EU ACHO MASSA TER UMA PROFISSÃO QUE ME DÁ MUITO PRAZER.**

show, televisão... isso pode mexer com a nossa cabeça. Criam-se mitos, imaginam-se coisas, quando na verdade a minha vida é normal. Também falo com o terapeuta sobre meus medos. Perdi meu pai, minha mãe e meu irmão. Foram perdas muito significativas. Tenho medo de perder as pessoas que amo.

Eu acho massa ter uma profissão que me dá muito prazer. Penso nisso quase diariamente. Esse é um pensamento que me faz não ficar cansada, exausta ou vitimada. E também não remo contra mim mesma.

Vejo muitas vezes as pessoas tentando rotular o que tenho feito quando sou substancialmente uma cantora de Carnaval. É o que gosto de fazer. Tudo o que fiz em todos esses anos de carreira, uma carreira de êxito, foi com base no meu prazer de cantar. Mesmo com a eventual exaustão física e mental, não consigo ficar longe do Carnaval, da música do lugar de onde vim. Seria uma tristeza para mim. E veja bem: respeitar uma opinião é uma coisa, transformar essa opinião em um problema para você é outra coisa. Não faço isso.

Nunca fui contrária a alguém dar uma opinião sobre o axé ou qualquer outro segmento quando se é perguntado ou quando se é crítico de música. No entanto, gosto de saber se a pessoa está embasada para falar. Na verdade, nunca percebi preconceito porque a vida inteira fui muito diversa no meu gosto musical.

Quando comecei a cantar na Banda Eva, eu era uma menina. Estava muito alegre em poder fazer parte da banda, viajar, fazer música, para perceber qualquer forma de preconceito, seja pelo ritmo, seja pelo lugar. Eu não tinha essa noção. E tem mais: sempre fui muito resolvida com as coisas de que gosto. Não fico triste se você ouve o meu disco e não gosta ou simplesmente não se identifica com a música. É um direito seu. O que não acho um direito seu é não gostar e perpetuar isso de uma maneira negativa. As opiniões têm de ser livres.

● ● ●

AMOR E MATERNIDADE

Meu relacionamento com Daniel é maravilhoso! Tem aquela música do Tom Jobim, "Amor em paz", que diz: "Aconteceu você/ Encontrei em você/ A razão de viver/ E de amar em paz/ E não sofrer mais/ Nunca mais". Amar em paz é uma enorme qualidade. Somos companheiros, posso contar sempre com ele.

É claro que a gente tem nossos arranca-rabos de vez em quando. Mas sempre sobre questões do dia a dia, horários, atrasos, nunca em relação a nós dois, ao caráter do outro. Não há tensão, ansiedades, ressentimentos. Somos idênticos, apesar de termos profissões tão diferentes. E ele não é mais novo, é um velho. Não sai de casa. Somos idênticos nas coisas simples, ele tem muita responsabilidade, assim como eu.

Quando o vi pela primeira vez, lindo, nadando com os amigos dele no nosso condomínio, comentei com minha amiga: "Eu me casaria com esse cara." Mas foi um pensamento, sei lá... A gente foi se conhecendo e nos apaixonamos. Ele é um grande homem. Sou uma mulher inteligente, não teria uma relação só por ter.

Ele é maravilhoso comigo e um superpai. Cada vez mais estamos nos acostumando com esse amor. Porque a gente precisa entender esse amor. É quase como um vício. Do dia para a noite nasceu o Marcelo e, com ele, fiquei louca, apaixonada. Quero isso o tempo inteiro. Fico tentando entender todo dia, repetindo mil vezes, no espanto: "Meu Deus, que coisa boa!" Não escolhi, aconteceu.

Conheci Daniel no píer do meu prédio. Eu estava fazendo exercícios com a fonoaudióloga e ele, que era vizinho, veio nadar com amigos que moravam ali. Parei na gatice dele. *Afe!* Lindo, calmo e calado, me encantou, mas fiquei na minha. Nunca tive grilo com idade, mas ele era bem mais novo, e entre nós são 12 anos de diferença. Deixei para lá. Dias depois, resolvi perguntar para os amigos, que ligaram, e o Daniel foi para lá. Começamos a conversar e ele me impressionou pela inteligência. Pirei, e ele foi jogando charme. Mas levou uns seis meses até a gente ficar.

Ele também tem personalidade forte, é seguro de si e brilha na profissão dele, acha que ser famoso não é o grande barato. Ele acha que meu trabalho gera fama, ponto. Não é algo extraordinário. Nossas qualidades são muito parecidas e temos admiração um pelo outro. Ele nunca teve ciúme do meu sucesso. É um grande homem.

Na minha casa, desde pequena, o assunto sexo nunca foi tabu. Meu pai comprava a revista *Ele Ela*, que tinha uma seção chamada "Fórum", com histórias de sexo. Todos podiam ler juntos. Não tinha mistério, não. Eram quatro homens em casa: meu pai e três irmãos. Então esse negócio de sexualidade não era uma coisa "oh!". A gente via homem nu dentro de casa desde pequena, aquilo era uma coisa tranquila. O assunto era muito em voga porque meus pais eram bem sexuais. A gente ouvia a transa deles do quarto. A cama quebrava, mamãe gritava.

> **...PORQUE A GENTE PRECISA ENTENDER ESSE AMOR. É QUASE COMO UM VÍCIO.**

Hoje, eu e Daniel temos a nossa vida de casal, mas a gente está junto para valer, o que inclui nosso filho. Marcelo está sempre comigo, menos

nos shows. Choro quando tenho que viajar, de saudade mesmo, de não querer perder nada que acontece com ele. Mas tenho um avião, e isso facilita voltar logo. Sou uma mãe felizarda e penso muito nas mulheres que sofrem por deixar os filhos todos os dias enquanto trabalham. Com minha família, tenho um motivo para voltar para casa.

Depois que tive minha família, decidi ter uma vida profissional mais apertada, com os compromissos mais compactados. Por exemplo, tenho um show, saio de casa depois do almoço. Domingo de manhã acordo, vou para São Paulo, faço um show e segunda-feira gravo um comercial. À noite, marquei viagem para o Rio de Janeiro para gravar uma participação em um CD e terça volto para Salvador. Aí, fico em casa até sábado. Se tiver alguma reunião, marco em casa. Muitas vezes, coloco Marcelo para dormir, vou para o show e volto na madrugada. Quando ele acorda, já me vê em casa. Nem parece que viajei. Em relação a outras mães que trabalham, acho que sou muito mais presente, uma privilegiada.

Graças a Deus, nunca tive nenhum problema com imprevistos ou problemas graves. Mas acho que, se um dia acontecer, dou um jeito. Não tenho pessoas que me contratam, tenho parceiros. Espero que eles me compreendam. Já tive esse entendimento deles em outras situações pessoais, delicadas. E outra também: Marcelo tem um pai muito presente, responsável, incrível. Depois que ele fez um ano e meio, comecei a dormir fora de casa um dia ou outro.

Quando fui para a Disney a trabalho, não contei. Ele já viaja muito comigo e esse bate-volta seria puxado. Não quis que ele perdesse a escolinha. Preferi me dobrar em vinte para que ele não sentisse minha falta. Mas ele viu as fotos e vibrou! Ele não é aquele tipo de menino que é apaixonado por um só personagem. Prefere temas. Fala: "Mãe, quero que meu aniversário seja no fundo do mar, ou submarino ou avião."

Trouxe presentinhos para ele: canudinhos e uma nave espacial, da Space Mountain. A gente mostra para ele vídeos no YouTube feitos pela Nasa. Parece coisa de intelectual, mas na verdade é lúdico, mostra o avião, o foguete, como se monta a nave espacial. Ele ficou louco com o presente. Marcelo não fala nada de querer ser cantor ou astronauta, só que quer ser corajoso e forte como o pai. Mas as brincadeiras são engraçadas, porque agora são shows internacionais! Aprendeu percussão e toca axé e samba-reggae.

Ele dorme com a mãe e com o pai. Tem o quarto dele, mas às vezes tem aquele dengo e ele dorme no nosso. Sou neurótica, doida da cabeça! Quero saber quantas colheres de arroz comeu, se tomou banho, se dormiu direito... Pergunto tudo, tudo. Daniel cuida, mas é pai. Não lembra de levar a merenda, deixa até dez da noite na piscina, essas coisas. Por outro lado, graças a Deus que ele faz isso; senão, a criança fica louca. E tem a Sandra, a Shan, minha mãe postiça, que está sempre por perto e pensa como eu: repara nos carros dando ré, se tem criança doente no parquinho, leva o suco de acerola fresquinho... Como eu.

Virei uma pessoa que eu não conhecia. Aliás, não me lembro da minha vida antes dele! Sei que dormia até tarde, malhava muito, viajava sem data para voltar, mas não sei quem eu era. Quando estava grávida, chorava pensando que ia ser uma péssima mãe. Ao mesmo tempo, sou bastante cuidadosa, quero que o Marcelo seja do mundo. Gosto muito dos valores que aprendi com minha mãe, sobre simplicidade. Posso ter milhões, mas vou conservar essa coisa de estar perto da minha prole, como minha mãe fez.

Ele é a cara do pai, mas é exibido como eu. Quando criança, eu fazia o mesmo: meu pai pegava o violão, tocava João Gilberto e me colocava para cantar com ele. Até chamava os amigos para exibir meus falsetes. O Marcelo é cuspido e escarrado à mãe no jeito. É muito espoleta! A gente é grudado, não desgrudo nem um segundo que, logo depois, já volto para ele. Acho gostosa a rotina de dona de casa, já que não vivo isso normalmente.

Marcelo não foi planejado. Aliás, tudo na minha vida é assim. E se fosse planejado não seria tão bom.

Me dei muito bem sendo mãe de homem. Marcelo é ativo, e eu adoro isso, porque brincamos juntos. Se ele quer subir em árvore, entro na onda dele. Sou muito truculenta! Pequeninos são todos muito parecidos, mas agora vejo que as coleguinhas dele são mais calminhas, mais quietinhas. Marcelo tem uma energia masculina mesmo, ainda mais nessa idade, já com quatro anos. Enfim, não torço por menina. Mas o que Deus mandar para mim, quando mandar, está ótimo. Só não estou grávida ainda porque não é para agora. Vai ser na hora certa. Tudo a seu tempo, como Deus manda.

Ser mãe te dá uma coragem absoluta. Por um filho, você se joga de um prédio de cinquenta andares, se joga na frente de uma bala. Deseja que seja com você e não com ele. Essa coragem entra também no profissional. Em contrapartida, a maternidade traz um medo de tudo, o que é terrível. É um medo particular, você sabe que é capaz de tudo, mas tem medo de coisas bobas, como seu filho escorregar e cair.

Daqui a quarenta anos, me vejo como era a dona Canô: cercada pela família, receptiva com todo mundo e cheia de saúde. Porque é com o amor que a gente garante um bom futuro, uma boa vida. Perder o prazer de fazer pequenas coisas porque sou famosa? De jeito nenhum! *Afe* Maria, sou uma mãe muito amorosa. Eu gosto de prestar atenção no que ele fala, no que está aprendendo.

• • •

//VIVER A VIDA INTENSAMENTE

SOBRE O FUTURO, SOU MUITO "DEIXO A VIDA ME LEVAR". Nunca pedi nada e a vida me proporcionou tanta coisa boa, então, "deixe ela". Sobre o sonho realizado, é a maternidade, ter minha família. Nunca imaginei isso. Quando pequena, não sonhava em casar e ter filhos, mas, quando isso aconteceu, vi que ser mãe era um grande sonho, avassalador, a maior conquista que qualquer ser humano pode ter.

// NÃO ABRA PRECEDENTES * A IVETE MUITO ENGRAÇADA

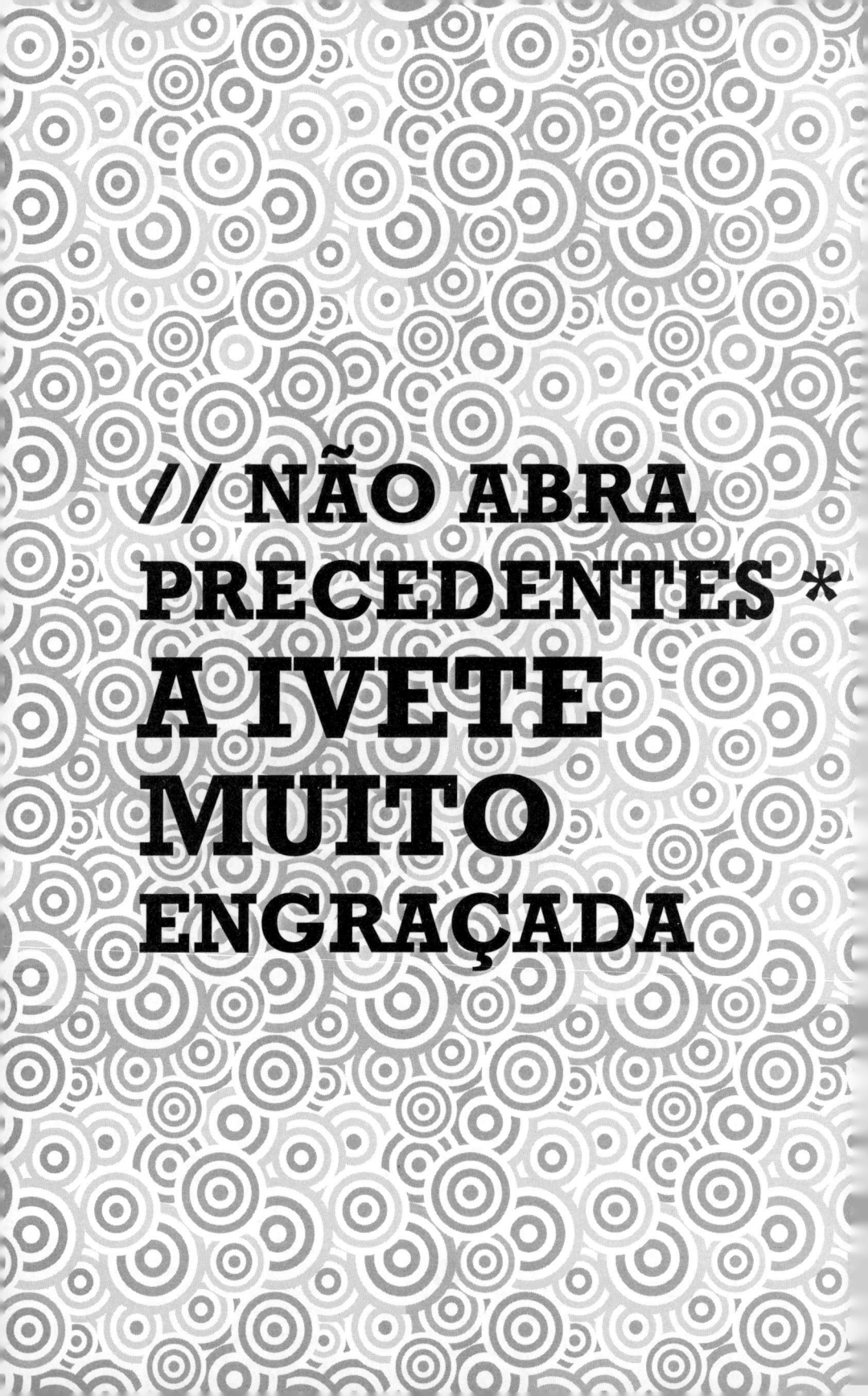

SEMPRE FUI DE FALAR MUITO, TIRAR SARRO DE TUDO. Mas, depois que virei mãe, já não faço questão de ser o centro das atenções. O bebê é o centro. Até o hábito da piada perdi um pouco, porque a gracinha está nele. Fico no meio de muita gente por causa do trabalho, mas tenho uma vida bem quieta. Estou totalmente voltada para minha família. Virou a prioridade. Encontrei o Daniel, uma pessoa maravilhosa, e aí veio nosso filho para coroar tudo.

MEU FOCO É A SAÚDE

Sou grandona, tenho 1,74m e uso manequim 42, minha família toda tem esse porte. Sempre investi mais na saúde do que na estética. Minha dieta é saudável, malho todo dia para manter o condicionamento. O resto é obra da natureza. Sinto um pouco de medo de ter a fisionomia transformada. A mulher pode utilizar várias tecnologias: fazer limpeza de pele, clarear manchas... Mas plástica não me atrai.

Em uma viagem para a estação de esqui Park City, em Utah, nos Estados Unidos, eu estava em um lugar que era um frio... você só vê os olhinhos das pessoas, o resto é tudo branco de neve. Não dá para sair e correr na rua. Mas dentro do quarto aquecidinho, era só afastar o sofá e eu fazia meus exercícios em vinte minutos. Marcelo via desenho com o pai, e ficava tudo certo. Sou mãe, esposa, dona de casa, cantora, e não tenho mais o tempo que tinha antes, mesmo com uma série de luxos a meu redor.

Vou contar uma coisa: depois que pari, eu emagrecia um pouquinho e parava, não conseguia nunca chegar ao meu peso. Engordei 26 quilos durante a gravidez. Estava tão feliz... E meu parâmetro era a Carolina Dieckmann, que engordou trinta quilos e depois ficou com uma barriga negativa. Mas temos biótipos diferentes. Acho que deve ter algo a ver com genética, porque todos os meus irmãos, sem exceção, são gordos. Enquanto isso, precisa ver a mãe do Daniel. Coloquei uma foto dela na geladeira para me motivar. Cheguei aos setenta quilos e acho que é o meu peso ideal, não quis perder mais do que isso.

Daniel deu uma consciência alimentar na casa, mas não é aquele nutricionista chato. Como tudo e não conto caloria. Tirei o pão da dieta e sempre tem uma combinação de carboidrato e proteína. Estou louca pelo exercício funcional que descobri por meio do meu marido: você pode fazer em qualquer lugar, mesmo durante uma viagem. Não precisa de peso, elástico, aparelhos, nada. É você e seu corpo. Faço só meia hora e pronto.

Junto com isso, Daniel fez um programa de alimentação em que como de tudo, só com algumas restrições que, para o objetivo, é fichinha. Por exemplo, não posso tomar leite. Voltei a meu peso, entre 69 e 70 quilos.

Continuo tentando ter mais um filho, mas com certeza não vou engordar como da outra vez. Vivendo e aprendendo. Em nossa despensa, não tem besteira. Quero dar uma organizada melhor na alimentação para ficar prenha mais magrinha, mais saudável. Na primeira gravidez, chutei muito o balde, essa eu não quero, não.

● ● ●

// O CARDÁPIO DO RESGATE DO PESO

CAFÉ DA MANHÃ

Opção 1:
1 porção de cada: Frutas variadas cortadas / Aipim, inhame ou batata-doce / Manteiga (1 colher de chá) / Ovo caipira cozido / 1 xícara de café

Opção 2:
1 porção de cada: Frutas variadas cortadas / Banana-da-terra cozida ou assada com canela / 1 xícara de café / 3 fatias de queijo minas frescal

Opção 3:
Frutas variadas cortadas / Beiju de tapioca / Coco fresco ralado / 1 xícara de café / 2 fatias de queijo de minas frescal

LANCHE DA MANHÃ

1 fruta / Água de coco à vontade

ALMOÇO

Opção 1:
Salada crua de folhas (à vontade) / Azeite de oliva extravirgem (1 colher de sopa) / Cortadinho de abóbora com quiabo (à vontade) / Carne, pescado ou frango grelhado, assado ou cozido (1 porção) / Frutas

Opção 2:
Salada crua de folhas (à vontade) / Azeite de oliva extravirgem (1 colher de sopa) / Feijão verde, fradinho ou mulatinho (1 concha) / Cortadinho de abobrinha, berinjela, tomate e cebola (à vontade) / Carne, pescado ou frango grelhado, assado ou cozido (1 porção) / Frutas

Opção 3:
Salada crua de folhas (à vontade) / Azeite de oliva extravirgem (1 colher de sopa) / Verduras no vapor (cenoura, vagem, aspargos, repolho roxo à vontade) / Purê de aipim, abóbora ou mandioquinha (2 colheres de sopa) / Carne, pescado ou frango grelhado, assado ou cozido (1 porção) / Frutas

LANCHE DA TARDE

Salada de frutas (à vontade) ou 1 banana-prata / Mix de castanhas (1 punhado) / Água de coco

JANTAR

Opção 1:
Sopa de verduras com carne, frango ou cogumelos (1 prato fundo) / Carne, frango ou shitake cozido na sopa (2 colheres de sopa) / 1 xícara de café

Opção 2:
Omelete (2 ovos) / Manteiga (1 colher de chá) / Tomate, cebolinha, cebola, brócolis (à vontade) / Suco de abacaxi com hortelã e gengibre (1 copo)

Opção 3:
Salada crua de folhas (à vontade) / Azeite de oliva extravirgem (1 colher de sobremesa) / Carne, pescado ou frango grelhado, assado ou cozido (1 porção) / Suco de uva integral com cacau sem açúcar (1 copo)

SOZINHA
E COM
A IMPRENSA

Eu tenho uma relação muito boa com a imprensa porque respondo sobre tudo. Já me perguntaram até se eu tive caso com Xuxa.

— Rapaz... Não. Porque ela é minha amiga. Mesmo que eu fosse lésbica e ela também, não ficaríamos por sermos amigas. E se não fôssemos tão amigas e gostássemos de mulher poderíamos ser namoradas.

Não acho que existam perguntas pejorativas, mas acredito que o sentimento pejorativo muitas vezes exista. Quando meu filho nasceu, tomei todo cuidado para ele não aparecer na mídia porque faço um trabalho com o Ministério Público ligado ao abuso infantil, que é assustador.

Infelizmente, se eu disser que tenho vontade de colocar essa carniça linda, meu filho Marcelo, tocando percussão no *Jornal Nacional* para me exibir não estarei mentindo, mas acho que temos que tomar um cuidado imenso com a exposição dos nossos filhos. Não é uma coisa doentia, é só uma questão de cuidado. Como sou uma mulher muito conhecida, não quero que Marcelo seja polido por ser meu filho. Quero que ele tenha a vidinha dele sossegada.

Tento sempre levá-lo num mercadinho que tem um horário mais vazio para fazermos compras e algumas vezes andamos de ônibus à noite no fim de semana, só pelo prazer. Ele adora. Fica toda hora querendo andar de ônibus, descer no bairro da Gamboa, andar de patinete no Campo Grande. Ter uma vida normal.

Quero que ele seja criado no meio da simplicidade que fui e que carrego comigo. Até porque simplicidade não é algo que se busque ou aprenda por aí. Ou a pessoa é simples ou não é. Aqueles que mudam por conta da carreira ou melhoria na vida social é porque não têm a simplicidade verdadeira. É claro que elogios como os de Maria Bethânia fizeram surgir uma vaidade em mim, mas foi algo muito íntimo. Aquilo é mais prazeroso do que sintomático.

"QUANDO MEU FILHO NASCEU, TOMEI TODO CUIDADO PARA ELE NÃO APARECER NA MÍDIA"

Acho que existe uma ideia já cristalizada sobre um comportamento de sucesso, seja ele na música, no empresariado ou em qualquer profissão. As pessoas esperam de você um comportamento soberbo, sei lá. Mas acredito que, quando você continua a ser o que sempre foi, isso cria uma relação de carinho e respeito. No caso de um cantor, acho que a simplicidade facilita a condição de seu público gostar de você. Acho que a artista Ivete Sangalo sendo uma pessoa que fala a mesma língua que eu facilita que eu goste mais dela. Não é porque sou simples que não tenho vaidade.

Adoro quando chego no lugar e existe certa comemoração por eu estar ali e as pessoas se sentindo confortáveis ao meu lado. Gosto inclusive de falar que estou linda, gostosa, maravilhosa, mas na maioria das vezes que falo essas coisas é para não demonstrar o que estou achando. É aquele dia que a gente se acha mais gordinha, mais estranha...

Mas eu me acho incrível. Acho que sou capaz de cantar, que sou uma cantora de verdade e sempre soube disso. Isso pode soar pretensioso, mas sei que não é. Isso é uma segurança, uma convicção. O que canto pode não te agradar, mas que sei fazer isso, sei. Assisto ao meu DVD e digo: "Opa! Isso que é cantora!"

Com vinte anos de carreira, acho que aprendi a conviver com a vaidade e todas as complicações que ela envolve, sempre colocando o respeito e a simplicidade à frente de tudo.

Acredito que a simplicidade nos ajuda a encarar grandes desafios — inclusive já me esbarrei com muitos deles no caminho. Um bom exemplo foi substituir minha amiga e *ídola* Xuxa Meneghel como apresentadora do *Planeta Xuxa*, quando ela tirou licença maternidade para cuidar de Sasha. Naquele mesmo ano, minha regravação de "Madalena" foi tema da novela *Era uma vez...* e tudo, graças ao meu bom Deus, conspirava a meu favor. Eu estava com 26 anos e achava que depois de ter ultrapassado tantos obstáculos, era hora de alçar voos maiores. Lancei meu último álbum com a Banda Eva, *Você e eu*, e decidi seguir em carreira solo.

● ● ●

RESPONSA-BILIDADE

— Segura o carro, *motô*!

O trio está parado no famoso beco de Ondina, também conhecido como beco do Ceasar ou beco da loucura. Como o nome já diz, ali é o lugar que o cantor gosta de botar para quebrar porque o percurso está para acabar. Começo a cantar um dos meus maiores sucessos: "A festa".

● ● ●

A canção que deu nome ao meu CD lançado em 2001 marcou o momento que muitos estudiosos de música consideram como a minha entrada definitiva para o hall das principais artistas da música brasileira. Vocês não imaginam o quanto me sinto metida em falar isso...

O disco ficou conhecido em outros países, ganhou os estádios de futebol e virou uma espécie de hino oficial da seleção brasileira pentacampeã na Copa do mundo do Japão e da Coreia do Sul. Logo, Ivetinha é pé quente, meu irmão.

> **MAS A PARTE DO SHOW, DOS FÃS, DA MÚSICA, É MUITO GOSTOSA.**

Outra canção minha que invadiu os estádios foi "Sorte grande" — que a galera conhece mais como "Poeira" por conta do refrão. Gravei essa música em 2003 no meu quarto disco solo, *Clube Carnavalesco Inocentes em Progresso* e até nas Olimpíadas de Atenas do ano seguinte o povo cantava. A relação da música com o futebol impulsionou bastante esses sucessos e, consequentemente, a minha carreira.

Aliás, quantos ensinamentos a pessoa recebe durante duas décadas de carreira, não é mesmo? Claro que cabe a cada um absorver todos, os mais importantes ou nenhum. Eu, particularmente, acho que todo mundo tem um pouco para nos ensinar e tento levar tudo o que aprendi para minha vida toda.

Mas não vivi só de aprendizado todos esses anos. Confesso que por várias vezes já enchi o saco e o que me fez seguir foi o fato de amar por demais o que faço. Às vezes, você fica ali duas semaninhas sem fazer show e já revigora, já dá saudades, mas a verdade é que todo o processo além dos shows nos causa muita fadiga. São reuniões, contratos, deslocamentos e um monte de coisas chatas. Mas a parte do show, dos fãs, da música, é muito gostosa.

Costumo falar que o cansaço é a periferia do trabalho. Uma vez, saí de um show em Cabrália, numa época que fazíamos mais ou menos 25 apresentações por mês. Todos estavam exaustos e dormi agarrada ao violão, assim como meu pai costumava fazer. Estávamos a caminho do aeroporto onde pegaríamos um voo para Belém. Na chegada, o segurança me acordou, levantei, e pedi para ele segurar o violão porque me senti estranha. Quando desci o último degrau do veículo e coloquei o pé no chão, não enxerguei mais nada. Apaguei. Acordei já dentro de uma Kombi a caminho do hospital.

Outra vez, em Vitória, fiz o show com o *roadie* segurando o soro que eu estava tomando. Odeio cancelar alguma apresentação. O médico falava que eu não poderia viajar, eu falava que iria. Pensei melhor e falei:

— Então vamos comigo, doutor?

Ele foi. Fiquei agarrada no ferrinho do soro. Gritava "Tira o pé do chão!", dançava, cantava e pulava com o braço esticado, tomando a medicação. Aquilo foi um absurdo que me permitiram fazer. Era para alguém ter me interditado, ter dito que eu não ia. Mas sei que isso não funcionaria de jeito algum. Eu tinha comido um peixe estragado, vomitei muitas vezes e tive diarreia. Estava bem mal.

Durante uma turnê na Europa, fiz 25 shows com o pé engessado. As pessoas achavam que fazia parte do figurino, de tanto que dancei. Fiquei até com uma íngua depois.

Só cancelei shows até hoje por causa da meningite e da dengue que tive antes da Vaquejada de Serrinha. Eu não conseguia abrir o olho. Quando você pega dengue, parece que vai morrer. É uma dor, uma dor, uma dor... Nada passa. Você toma remédio e duas horas depois dói tudo de novo.

Mas sou muito mais da saúde. Eu gosto de malhar todo dia, além, é claro, da ginástica dos shows. Depois que virei mãe fiquei com mais responsabilidades. Tem dias que chego do show, meu filho passou um dia sem mim e quero ficar com ele. Sou uma pessoa muito saudável e gulosa. Como certo, mas muito. Todas as taxas dos meus exames são de menina, tenho saúde de ferro, graças a Deus, e assim será, se o Senhor permitir.

O DVD *MTV ao vivo Ivete Sangalo*, que lancei para comemorar meus dez anos de carreira, foi o que parecia mais impossível de acontecer. Eu já fazia shows de grande porte àquela altura, mas naquela dimensão e somada ainda às fortes emoções de gravar na minha Salvador e dentro da Fonte Nova era demais. Nunca tinha feito algo do tipo, mas foi porreta. Teve Gil cantando "Chupa toda" — não acreditavam que ele cantaria essa canção por ser ministro na época, mas ele adorou a ideia e ama essa música —, Daniela Mercury, Margareth Menezes, Davi Moraes. Uou! Muita gente querida. E para coroar, o DVD vendeu mais de setecentas mil cópias, número bastante expressivo.

O do Maracanã teve o ineditismo e o fator emblemático de ser uma artista mulher cantando no maior palco de futebol do mundo. Usamos um paredão de LED associado aos arranjos e imagens que foi uma grande novidade na época. Era tudo muito novo e moderno e eu sabia que o que rolasse seria do cacete.

O pessoal da gravadora sempre fala que foi absurda a velocidade que o DVD no Maracanã atingiu a marca de 250 mil unidades vendidas, em poucas horas. Naquele ano, foi o produto audiovisual mais vendido da Universal Music em todo o mundo.

Depois, estava com moral de colocar uma ideia que parecia louca para andar. Um dia, tomando café da manhã, olhei para um canto do meu apartamento e pensei em construir um estúdio ali. Estava querendo sossego, pensando em engravidar e resolvi não só construir o estúdio como chamar os amigos, gravar e filmar um DVD.

— Você não acha muita maluquice?

Perguntei para o Alexandre Lins, produtor musical. Ele disse que não e segui com a ideia. Obviamente que antes me certifiquei de que isso não tiraria a tranquilidade dos condôminos. O síndico já tinha me mandado uma cartinha:

— Ivete, minha querida, desculpe lhe incomodar, mas estou sabendo que você vai fazer um estúdio...

— Olha, lhe prometo que nada sairá do controle do prédio — respondi.

Fiz o estúdio. Em setembro estava pronto, em outubro eu já estava fazendo a gravação do DVD. Aí desci para malhar na academia do prédio e me encontrei com ele.

— Ivete, vai começar esse estúdio em que dia?

— Calma, ainda vai demorar.

Convidei-o para ir lá em casa e ele ficou maravilhado.

— Então, não tirou o sossego de nenhum de nós — disse ele.

"UMA COISA QUE MEXE COMIGO É A PLATEIA CANTANDO JUNTO."

Todas as tomadas foram naturais e tudo o que acontece no vídeo foi para valer. Foi no esquema de ligar a câmera e mandar ver. Recebi Maria Bethânia, Carlinhos Brown, Marcelo Camelo, o pessoal do Aviões do Forró, Lulu Santos e meu querido amigo Saulo Fernandes.

Um ano após gravar dentro de casa busquei o novo mais uma vez. É engraçado como não paro de ter ideias na música e meus desejos musicais podem parecer até maiores do que sou capaz de fazer. Pode parecer, mas eu corro atrás. Por conta disso, meu quarto DVD foi filmado em Nova York, na arena mais famosa do mundo, o Madison Square Garden, palco de muitas apresentações lendárias.

Me emocionei bastante durante a gravação, com o público cantando comigo. Uma coisa que mexe comigo é a plateia cantando junto. Naquele dia do show no Madison, me vinha à cabeça todo o esforço que aquelas pessoas que estavam ali fizeram para me assistir nos Estados Unidos. Caí no choro mesmo, com vontade.

Eu me jogo e gosto dos projetos que participo numa intensidade igual, mas se tiver que escolher o meu preferido, acho que seria o meu último DVD, *Ivete Sangalo 20 anos*. Ele sintetiza os melhores momentos da minha carreira e prova para mim mesma que em qualquer lugar que eu vá, por qualquer lugar que eu ande, sempre me sinto em Juazeiro. Sempre vejo a amendoeira lá de casa e me sinto banhada pelo rio São Francisco.

• • •

O trio já passou pelo hotel Othon e estamos quase na avenida Adhemar de Barros. Acabou o circuito e mais um Carnaval. Volto para o camarim e penso no que faltou nesses vinte anos... nada. Tudo o que aconteceu para mim era para mim e mais ninguém. Valeu muito à pena e está tudo certo. Não me acho a maior artista do Brasil, afinal sou de um país onde existem Alcione e Maria Bethânia. Me sinto uma artista polivalente, que já foi apresentadora, foi Maria Machadão na minissérie *Gabriela* e é essencialmente cantora. Meu negócio é a intensidade e tenho certeza que nos próximos vinte anos vou cair para dentro como fiz nesses últimos. Fecho os olhos. Agradeço. Rezo. "Pai nosso que estás nos céus..."

• • •

MINHAS RECEITAS

SALADA DE FRUTOS DO MAR

01

INGREDIENTES

½kg de camarão limpo
1 polvo médio
½kg de lula
300g de vieiras
1 pimentão verde pequeno picado em cubinhos
½ pimentão vermelho picado em cubinhos
1 cebola grande bem picada
3 tomates vermelhos e firmes, picados em cubinhos
1 talo de aipo picado em cubos pequenos
Alface americana
Folhas de louro, salsa, coentro, sal, pimenta-do-reino, tempero em pó
Suco de limão a gosto

MODO DE PREPARO

Afervente os camarões em água temperada com sal, pimenta, tempero em pó de sua escolha, louro e salsa. Escorra e reserve. Doure as vieiras e as lulas no azeite. Cozinhe o polvo em panela de pressão por 20 minutos.

Pique o polvo em pedaços, a lula em anéis, os camarões ao meio e as vieiras, dependendo do tamanho, também são picadas. Misture tudo e reserve. Faça um vinagrete com os pimentões, a cebola, o tomate e o aipo, e tempere com azeite, sal, pimenta-do-reino, suco de limão, salsa e coentro. Misture os frutos do mar com o vinagrete e leve à geladeira. Sirva dentro de uma folha de alface americana ou com uma salada verde. Acompanha pão francês.

AMENDOIM COZIDO

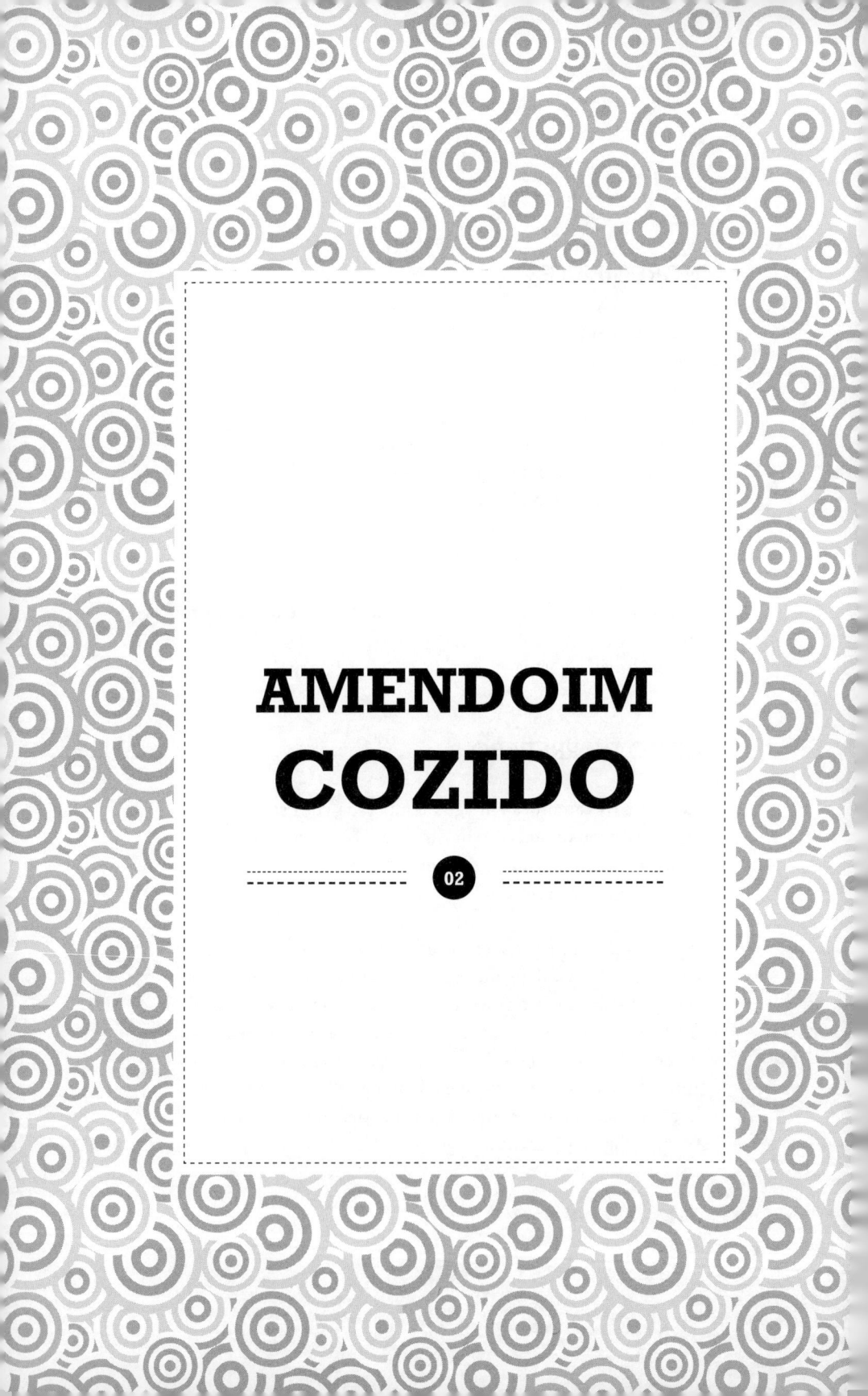

02

INGREDIENTES

Amendoim a gosto
Sal e suco de limão a gosto

MODO DE PREPARO

Lave bem o amendoim, sem tirar a casca. Numa panela de pressão, coloque os amendoins, cubra com água e tempere com o sal e o suco de limão. Espere chiar e cozinhe por 15 minutos, ou até que fiquem macios. Sirva.

FEIJOADA RICA

03

INGREDIENTES

½kg de feijão preto
½kg de costelinha de porco
½kg de lombo de porco picado em cubos
3 linguiças finas defumadas
2 paios defumados
Folhas de louro, orégano e pimenta-do-reino a gosto

MODO DE PREPARO

Cozinhe o feijão na panela de pressão e reserve. Refogue a costelinha e o lombo e cozinhe até ficarem macios. Acrescente a linguiça e o paio. Junte as carnes com o feijão, acerte o tempero, acrescente o louro, o orégano e a pimenta-do-reino. Deixe ferver até engrossar o caldo. Sirva em seguida.

CABRITO ASSADO

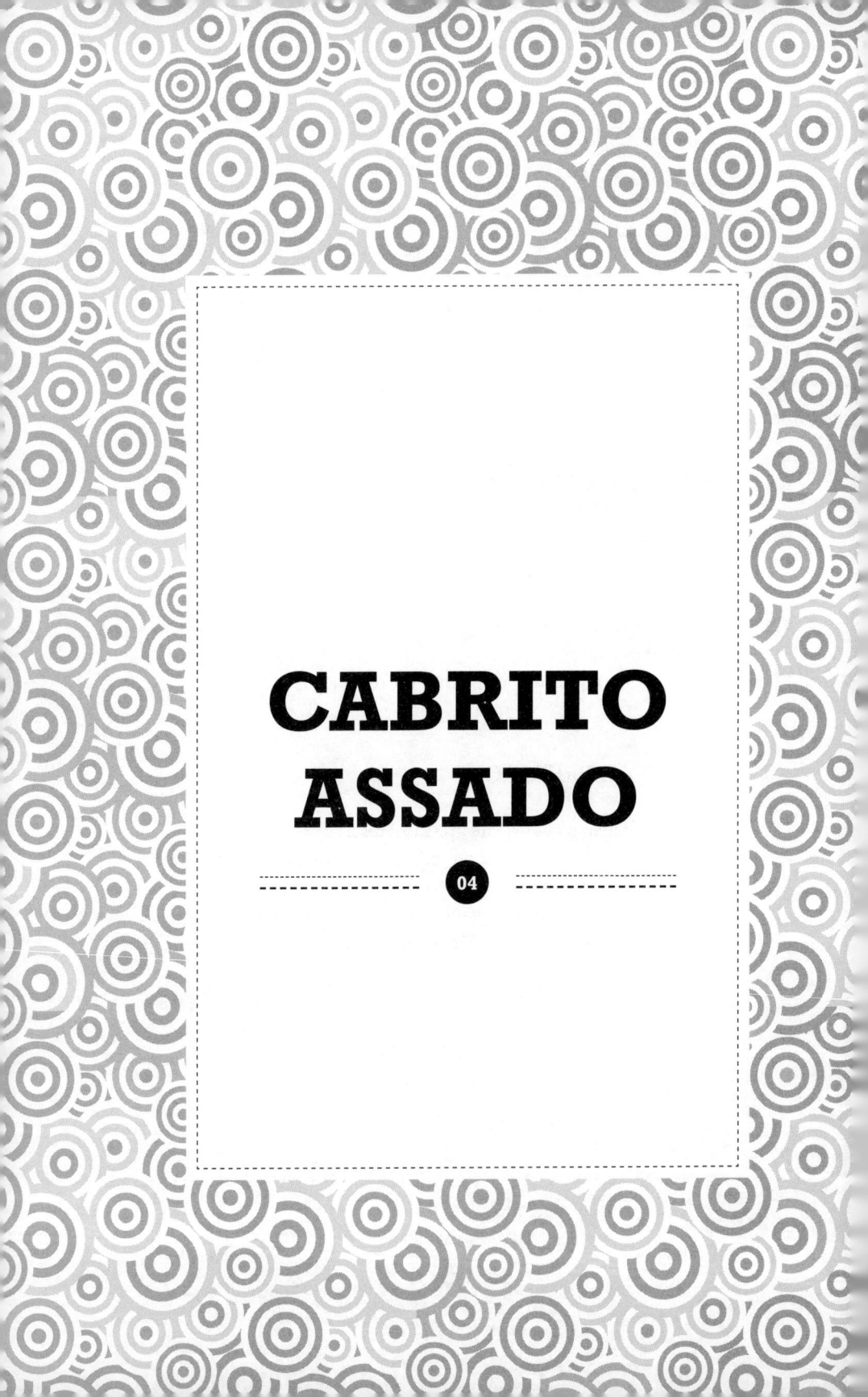

04

INGREDIENTES

1,5kg de cabrito
6 dentes de alho picado
3 colheres (sopa) de óleo
1 litro de vinho branco seco
1kg de batatas pequenas cozidas
2 colheres (chá) de cebolinhas em conserva
2 colheres (sopa) de banha
Sal, pimenta-do-reino, açafrão, alecrim a gosto

MODO DE PREPARO

Limpe o cabrito e tempere com o alho e 1 colher (sopa) de óleo, o alecrim e o sal. Cubra com o vinho e deixe marinando de um dia para o outro.

No dia seguinte, coloque a carne escorrida numa assadeira e arrume em volta as batatas e as cebolinhas. Regue com o óleo restante, adicione a banha e o líquido da marinada.

Cubra com papel-alumínio untado e leve ao forno para assar por cerca de 1 hora, regando de vez em quando com o próprio molho. Quando estiver macio, retire o papel-alumínio e asse até dourar. Transfira para uma travessa e sirva.

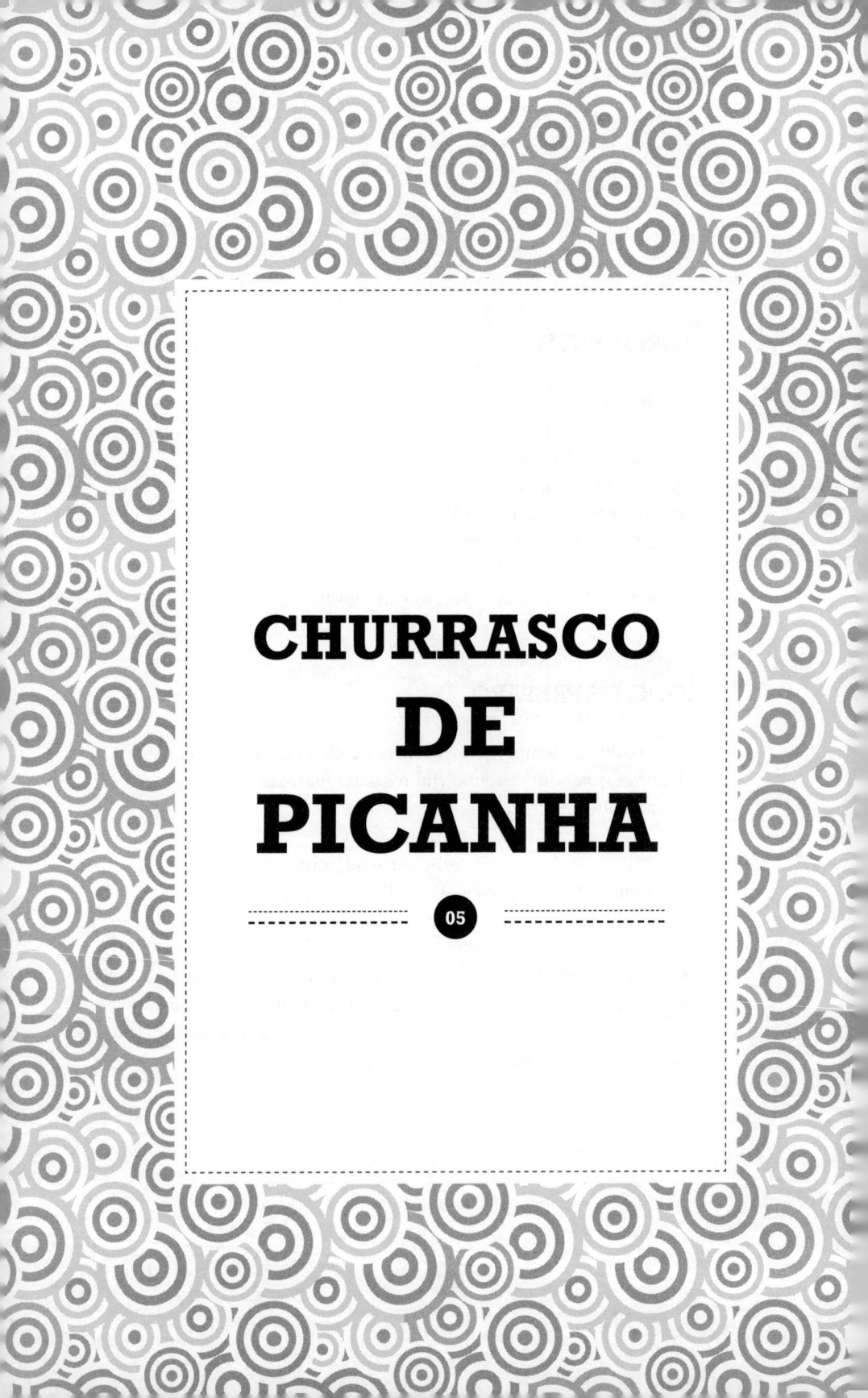

CHURRASCO DE PICANHA

05

INGREDIENTES

1 peça de picanha de porco com aproximadamente 400g

PARA O TEMPERO

2 dentes de alho descascados e triturados
1 colher (sopa) de sal grosso
Suco de 1 limão

MODO DE PREPARO

Corte a picanha em postas de 1,5cm de largura, tempere cada uma delas com os demais ingredientes bem-misturados e coloque-as no espeto da mesma forma que são colocadas as postas de picanha de boi, em formato "meia-lua".

Leve à churrasqueira pré-aquecida e deixe assar durante 8 minutos de cada lado a uma distância de 30cm do braseiro forte. Sirva acompanhado de mandioca frita.

NIGIRI SUSHI

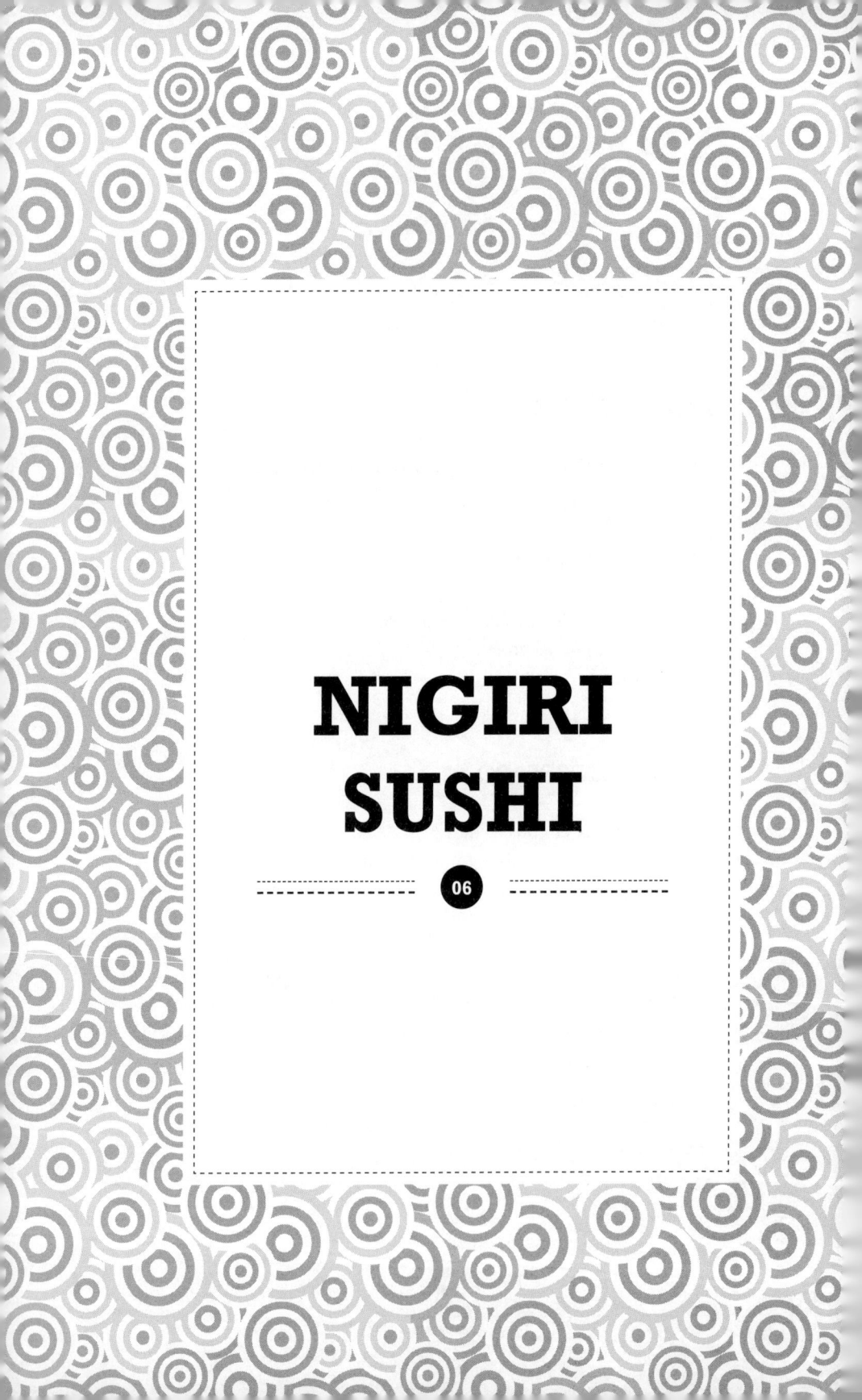

06

INGREDIENTES

1 litro de água
1kg de arroz japonês de grãos curtos ou cateto
2 colheres (sopa) de vinagre de arroz
1 colher (sopa) de açúcar
1 colher (chá) de sal
250g de peixe (atum, salmão) fresco e cru
250g de camarões grandes frescos e crus
1 colher (sopa) de saquê
1 colher (chá) de vinagre de arroz dissolvido em 3 colheres (sopa) de água
1 colher (chá) de raiz-forte fresca (ou use wasabi comprado pronto)
Molho shoyu para acompanhar

MODO DE PREPARO

Lave o arroz várias vezes, mexendo com a mão, até a água ficar limpa. Escorra bem, coloque em uma panela, cubra com água, deixe de molho por 30 minutos. Tampe a panela, leve ao fogo alto, deixe ferver, reduza o fogo ao mínimo, cozinhe por cerca de 8 minutos, tire do fogo e deixe sobre o fogão, sem abrir.

Em uma panelinha, misture o vinagre, o açúcar e o sal. Leve ao fogo brando, aqueça mexendo sempre, até dissolver o açúcar sem deixar a mistura ferver. Em seguida, tire do fogo.

Coloque o arroz em uma vasilha grande e rasa, espalhe com uma colher de pau, respingue a mistura de vinagre, misture delicadamente e reserve.

Coloque o peixe sobre uma tábua de cozinha e, com uma faca afiada de lâmina bem fina, corte verticalmente com um movimento firme e preciso, em fatias de no máximo 0,5cm de espessura e reserve.

Com a faca, retire a cabeça dos camarões e os atravesse com um espeto desde a cauda até o topo. Em uma panela, coloque água suficiente para cobrir os camarões e deixe ferver.

Junte os camarões, regue com saquê e uma pitada de sal, cozinhe de 3 a 4 minutos e descasque os camarões mantendo a cauda intacta.

Com a faca, abra os camarões ao meio no sentido do comprimento, pelo lado da barriga, sem separar as metades, e respingue com o vinagre de arroz. Umedeça as mãos com o vinagre de arroz e água, e espalhe um pouquinho de raiz-forte no centro de cada fatia de peixe ou no interior de cada camarão.

Para preparar o sushi com peixe, forme uma bolinha de arroz com os dedos, coloque sobre a fatia de peixe e enrole-a, pressionando com as mãos para firmar o bolinho e manter seu formato. Coloque cuidadosamente sobre a superfície de trabalho e reserve.

Para preparar o sushi com camarão, coloque o camarão na palma da mão com a abertura virada para cima e preencha com o arroz preparado, modelando com os dedos. Continue a preparar o sushi com os ingredientes restantes.

Distribua o sushi em um prato de servir, coloque o molho shoyu em tigelinhas e sirva. Mergulhe o sushi no molho shoyu antes de comer.

SORVETE DE COCO VERDE

07

INGREDIENTES

2 pratos fundos de carne de coco verde
½ lata de leite condensado (ajuste a gosto)
1 copo de água de coco

MODO DE PREPARO

Bata todos os ingredientes no liquidificador. Leve ao congelador por no mínimo 2 horas.

AMBROSIA

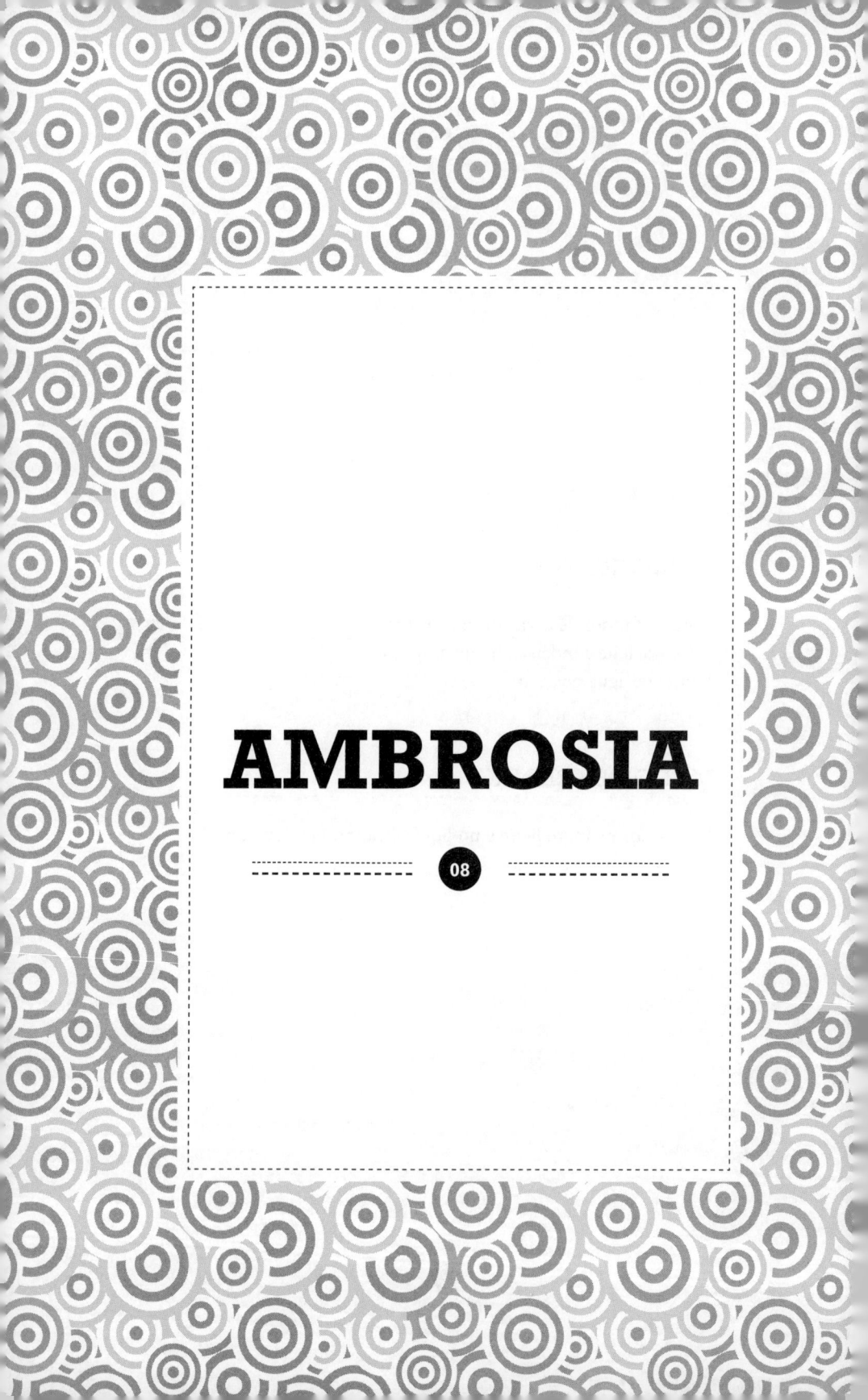

08

INGREDIENTES

1kg de açúcar
2 litros de água
6 ovos
6 gemas
1 litro de leite
1 colher (sopa) de vinagre ou suco de limão
Cravo-da-índia e canela em pau a gosto

MODO DE PREPARO

Em uma panela com fundo grosso, coloque o açúcar e a água. Mexa e leve ao fogo alto para formar uma calda. Deixe ferver por 15 minutos, para a calda ficar grossa.

Enquanto isso, peneire os ovos inteiros e as gemas. Em seguida, junte o leite e o vinagre. Quando a calda estiver grossa, junte a mistura de ovos, deixando no fogo para encaroçar, por 15 minutos.

Baixe o fogo e mexa delicadamente até a mistura ficar cozida. De vez em quando, mexa lentamente para não queimar no fundo da panela. Se ficar muito seca, acrescente mais água.

Tempere com o cravo-da-índia e a canela e sirva.

BRIGADEIRO

09

INGREDIENTES

1 lata de leite condensado
4 colheres (sopa) de achocolatado
1 colher (sopa) de manteiga

MODO DE PREPARO

Misture todos os ingredientes e coloque numa travessa de vidro alta (a mistura irá subir e pode derramar). Leve ao micro-ondas por 2 minutos. Retire e mexa. Retorne ao micro-ondas em intervalos de 1 minuto, mexendo entre os intervalos, até completar 6 minutos. Sirva em seguida.

SALADA DE FRUTAS

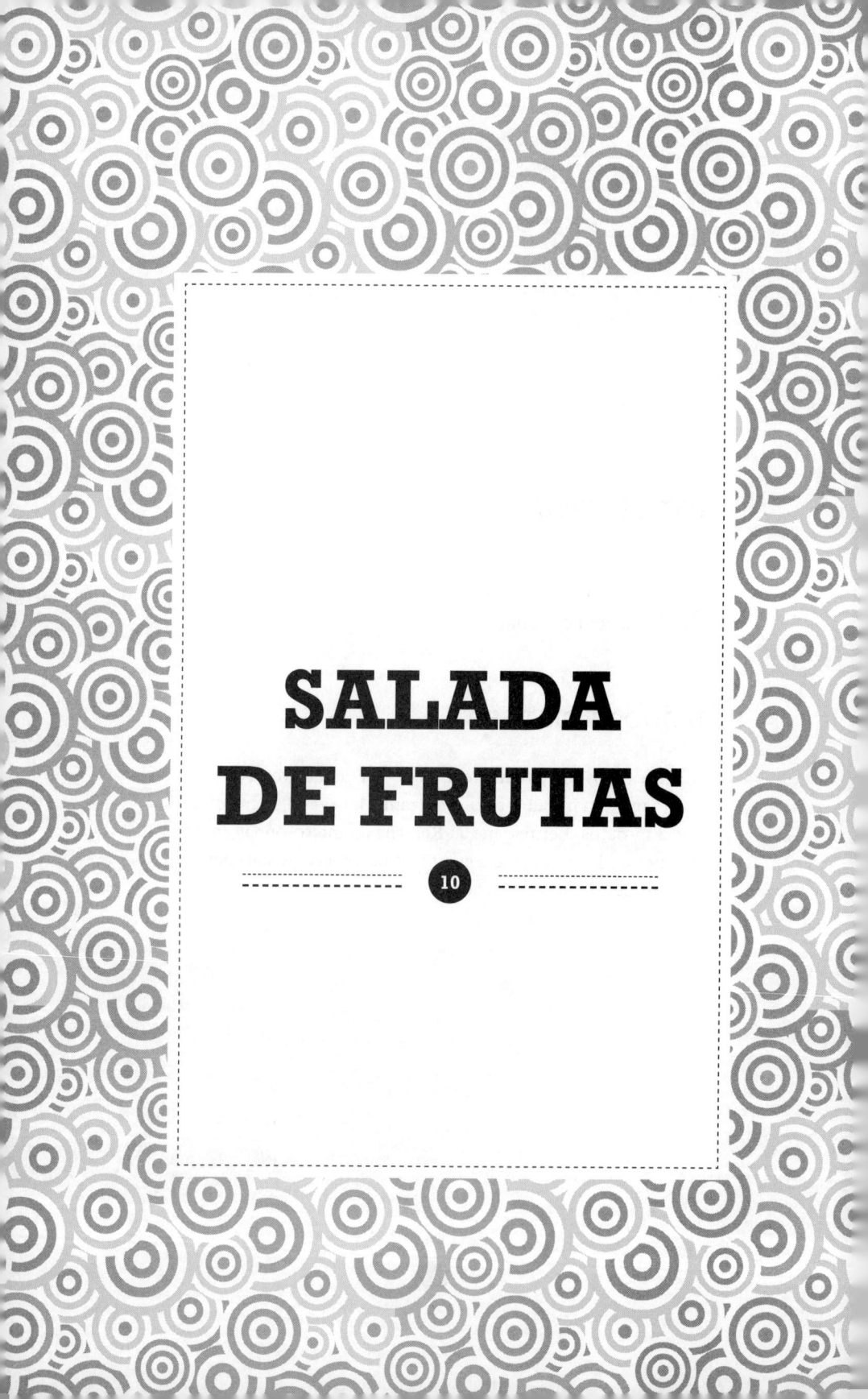

---------------- 10 ----------------

INGREDIENTES

6 laranjas (só não servem as limas e limas-da-pérsia)
½ mamão (o mamão papaia, por ser muito mole, não fica tão bom, mas também pode ser usado)
3 kiwis (opcional)
5 ou 6 bananas
3 ou 4 maçãs
½ abacaxi
¾ de melão
Refrigerante de guaraná a gosto

MODO DE PREPARO

Lave as frutas antes de descascar. Esprema 3 laranjas, de modo a obter quase 1 copo de suco, e coloque numa travessa funda. O suco de laranja, junto ao suco de outras frutas, formará um caldo delicioso e, colocado na hora de cortar as frutas, evitará que estas escureçam, pois contém ácido cítrico.

Pique as frutas já descascadas; quanto menor picá-las mais saborosa será a salada, pois a cada colherada poderá pegar mais frutas. Descasque a laranja e tire a parte branca antes de picar, que amarga a salada de frutas.

Adoce à vontade, mas isso não quer dizer que deva colocar muito açúcar: lembre-se que as frutas já o possuem. Se quiser, use adoçante.

Mexa bem. Se achar que o suco rendeu pouca calda, junte o refrigerante e sua salada estará pronta. Guarde em uma vasilha com tampa na geladeira até a hora de usar. É aconselhável que seja consumida logo, pois as frutas podem estragar se guardadas por muito tempo.

ARROZ-
-DOCE

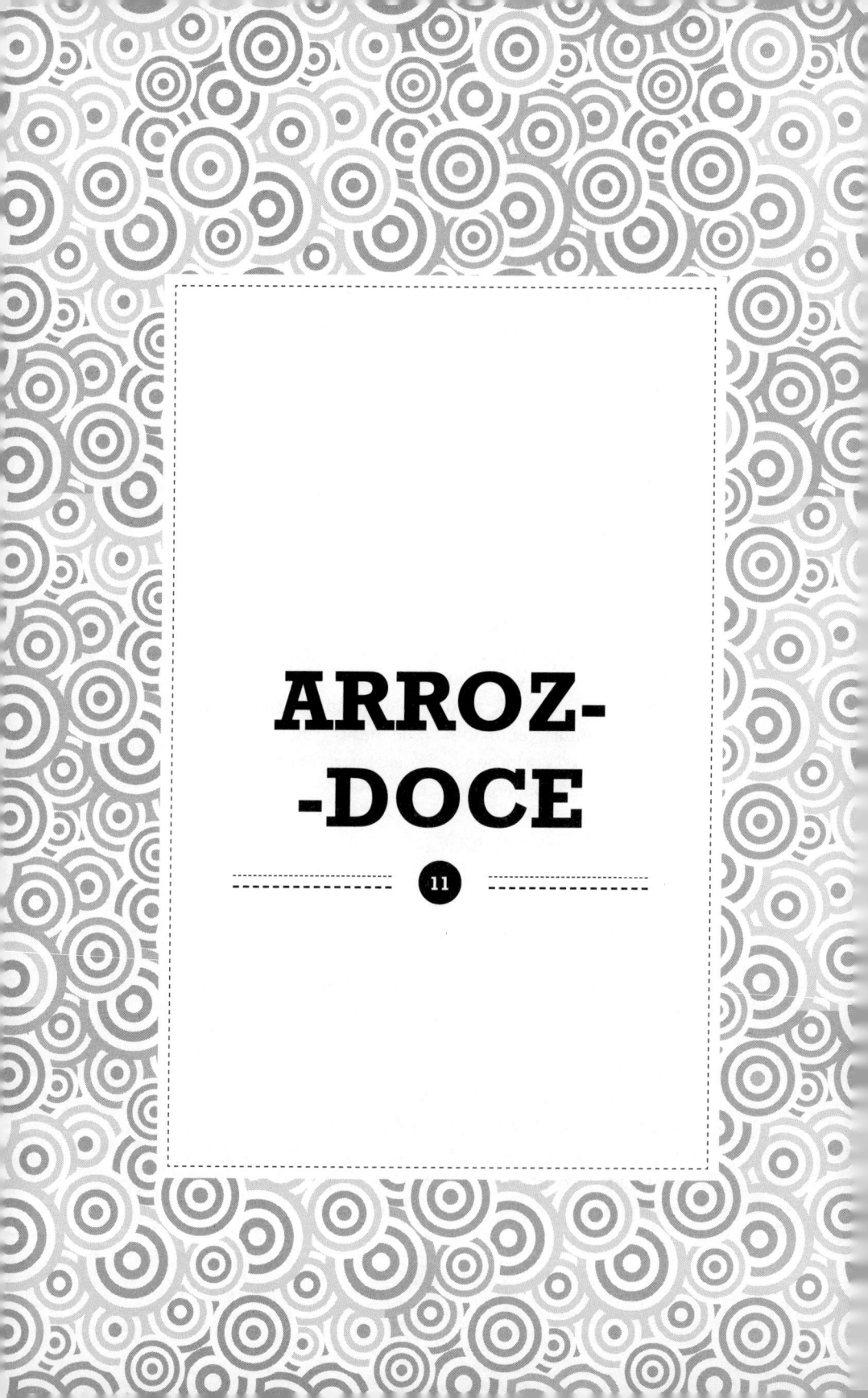

11

INGREDIENTES

1kg de arroz
1½ litro de água fria
1 pedaço de casca de limão
1 lata de leite condensado
Canela para polvilhar

MODO DE PREPARO

Numa panela grande, misture o arroz, a água e a casca de limão e leve para ferver em fogo baixo, até ficar cozido e quase seco.

Junte o leite condensado, mexa bem e retire do fogo. Polvilhe canela por cima.

BOLO CASEIRO

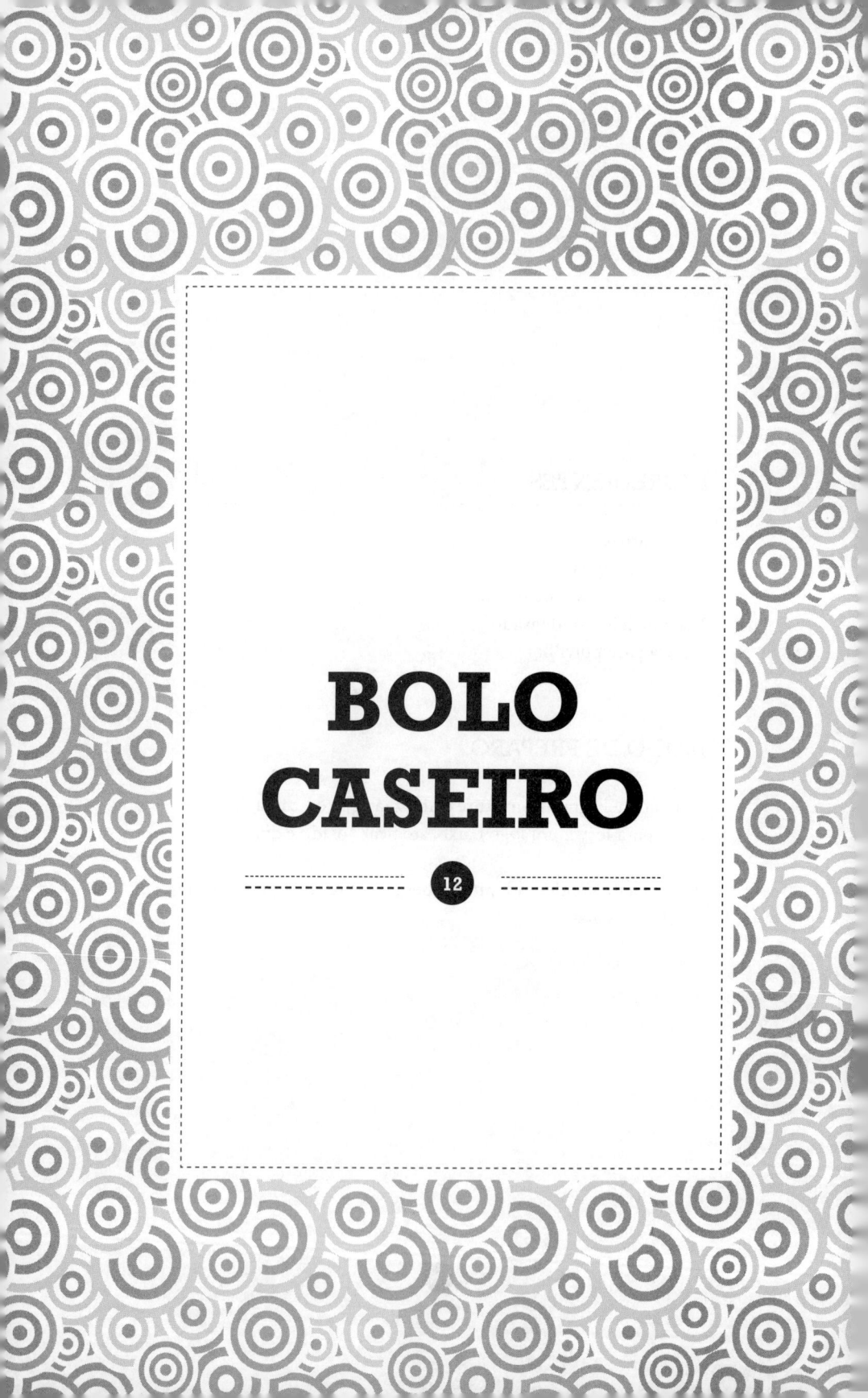

INGREDIENTES

2 colheres bem cheias (sopa) de manteiga
4 gemas
2 xícaras (chá) de açúcar
1½ xícara (chá) de amido de milho, peneirado com 1½ xícara (chá) de farinha de trigo
1 xícara (chá) de leite
1 colher (sopa) de fermento em pó
4 claras batidas em neve firme, com 1 pitada de sal
Açúcar para polvilhar

MODO DE PREPARO

Bata a manteiga, as gemas e o açúcar até ficar cremoso e fofo. Adicione o leite e os ingredientes secos peneirados, mexendo devagar.

Acrescente as claras delicadamente e despeje em uma fôrma de buraco, untada e polvilhada com farinha de trigo. Leve ao forno em fogo moderado para assar por 25 minutos. Desenforme e sirva polvilhado de açúcar.

SALADA VERDE

13

INGREDIENTES

1 maço de folhas de agrião
Folhas de alface
½ maço de rúcula
12 folhas de escarola
4 colheres (chá) de azeite
1 dente de alho amassado
1 colher (sopa) de suco de limão
3 tomates cortados em gomos
10 rabanetes cortados em rodelas
4 cebolinhas verdes picadas
1 abacate pequeno
Suco de ½ limão
Sal e pimenta-do-reino a gosto

MODO DE PREPARO

Lave e seque bem todas as folhas. Divida-as em 6 pratos individuais de salada. Enfeite com o tomate, o rabanete e a cebolinha.

Amasse o abacate e regue com o suco de limão. Em seguida, junte os temperos. Na hora de servir, divida a mistura de abacate por cima de cada prato de salada.

FILÉ-MIGNON COM SALADA DE BATATAS

INGREDIENTES

2 colheres (sopa) de manteiga
4 medalhões de filé-mignon (cerca de 500g no total)
Sal e pimenta-do-reino a gosto

MOLHO

6 colheres (sopa) de vinagre balsâmico
2 colheres (chá) de pimenta-do-reino verde

MODO DE PREPARO

Numa panela, aqueça a manteiga, coloque os medalhões (2 de cada vez) e frite até dourar por fora de maneira uniforme. Tempere com o sal e a pimenta-do-reino e reserve em local aquecido.

Na mesma frigideira, coloque o vinagre balsâmico e a pimenta-do-reino verde e leve ao fogo por 4 minutos. Esmague as pimentas. Deixe o vinagre reduzir um pouco e retorne os medalhões à frigideira. Cozinhe em fogo baixo por mais 2 minutos.

SALADA DE BATATAS

INGREDIENTES

3 batatas médias descascadas
2 litros de água
2 fatias de bacon em pedaços pequenos
2 ovos médios cozidos em pedaços pequenos
1 cebola pequena picada
6 folhas de cebolinha verde picada finamente
Sal e pimenta-do-reino moída na hora a gosto
3 colheres (sopa) de azeite de oliva

MODO DE PREPARO

Corte as batatas em cubos médios. Leve ao fogo a água e, assim que ferver, acrescente as batatas e cozinhe por 25 minutos ou até ficarem macias, mas sem desmanchar. Retire do fogo e escorra a água.

Coloque o bacon picado entre duas folhas de papel-toalha e leve ao micro-ondas na potência ALTA por 2 minutos, ou até ficarem crocantes.

Numa tigela, misture as batatas, o bacon, os ovos, a cebola e a cebolinha. Tempere com o sal e a pimenta-do-reino e regue com o azeite. Sirva os medalhões com o molho de vinagre balsâmico e a salada de batatas. Decore com pimenta-do-reino verde e cebolinha.

SUCO DE PAPAIA
COM LARANJA

15

INGREDIENTES

1 mamão papaia bem maduro
½ copo de suco de laranja
Suco de limão
Açúcar a gosto

MODO DE PREPARO

Bata todos os ingredientes no liquidificador até ficar bem-misturado. Coloque uma pedra de gelo no copo, despeje a batida e sirva.

GALERIA DE FOTOS

INFÂNCIA

◀ Musa do Carnaval da Bahia, a cantora nasceu em Juazeiro, na Bahia, em 27 de maio de 1972. *Foto: Aquivo pessoal/André Passos*

▼ Cynthia, Ivete e Marcos. *Foto: Aquivo pessoal/André Passos*

INFÂNCIA

◀ *Fotos: Aquivo pessoal/André Passos*

▼ Carnaval 1998: Ivete se arruma em um hotel do centro de Salvador. *Foto: Evelson de Freitas/Folhapress*

DÉCADA DE 1990

DÉCADA DE 1990

▶ Como vocalista da Banda Eva. *Foto: Valter Pontes/Folhapress*

▼ Carnaval 1998: Ivete se prepara em um hotel antes de participar de desfile em Salvador. *Foto: Evelson de Freitas/Folhapress*

DÉCADA DE 1990

◄ A cantora e Rodrigo Santoro interpretam cena clássica do filme *Titanic* no programa *Planeta Xuxa*, em 1998. *Foto: Rosane Marinho/Folhapress*

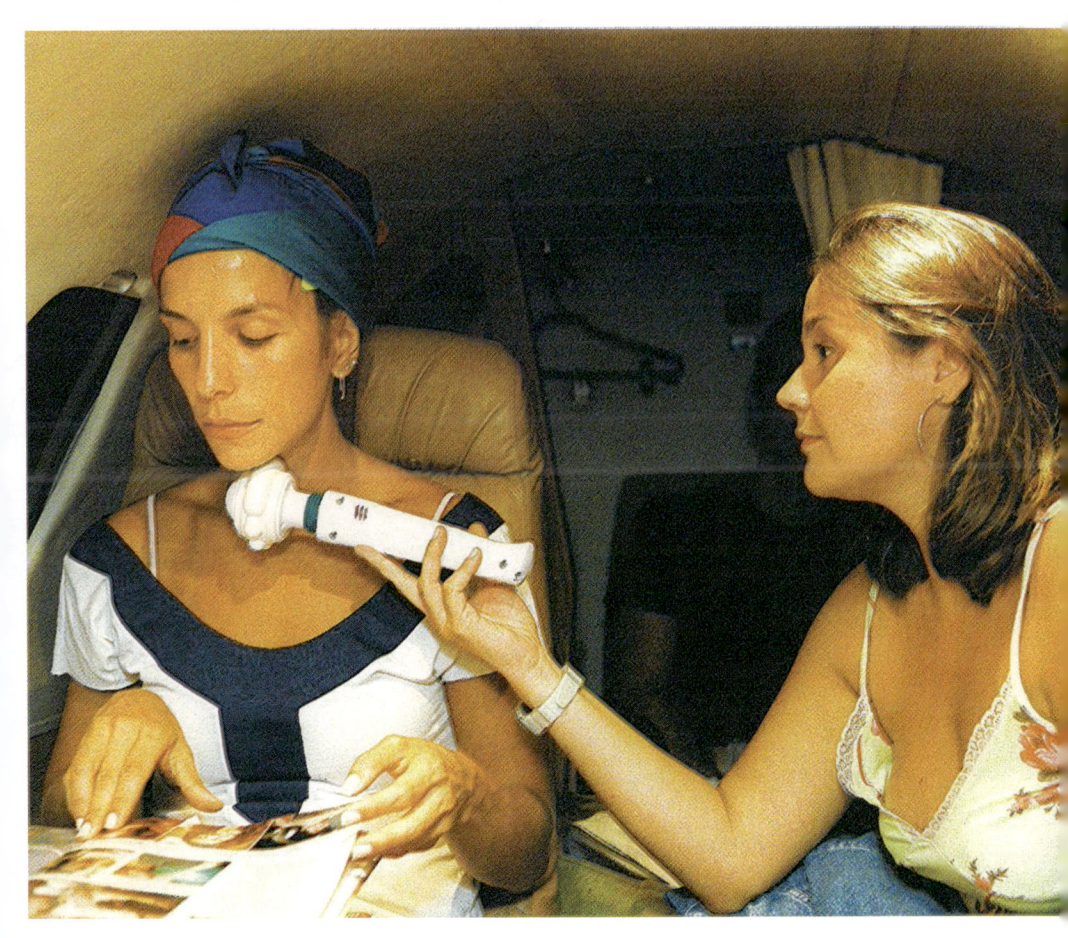

▲ Ivete costuma ler revistas enquanto faz massagem e até um tipo de drenagem linfática nas cordas vocais com Janaína Pimenta dentro do seu avião. *Foto: Ana Ottoni/Folhapress*

DÉCADA DE 1990

▼ Ivete é penteada por Marco Antônio de Biaggi para seu show no Olympia, em São Paulo. *Foto: Ana Ottoni/Folhapress*

DÉCADA DE 1990

▲ 15/fev/1999: Ivete canta no trio elétrico da Banda Eva em sua despedida do grupo, antes de lançar sua carreira solo, no bairro de Campo Grande, em Salvador, Bahia.
Foto 1: *Moacyr Lopes Junior/Folhapress*
Foto 2: *Otavio Dias de Oliveira/Folhapress*

DÉCADA DE 1990

◀ Gilberto Gil e Ivete Sangalo durante show no parque do Ibirapuera, em São Paulo. *Foto: Matuiti Mayezo/Folhapress*

▲ Carnaval 1998: a cantora [meio] canta em trio elétrico em Campo Grande, Salvador. *Foto: Evelson de Freitas/Folhapress*

ANOS 2000

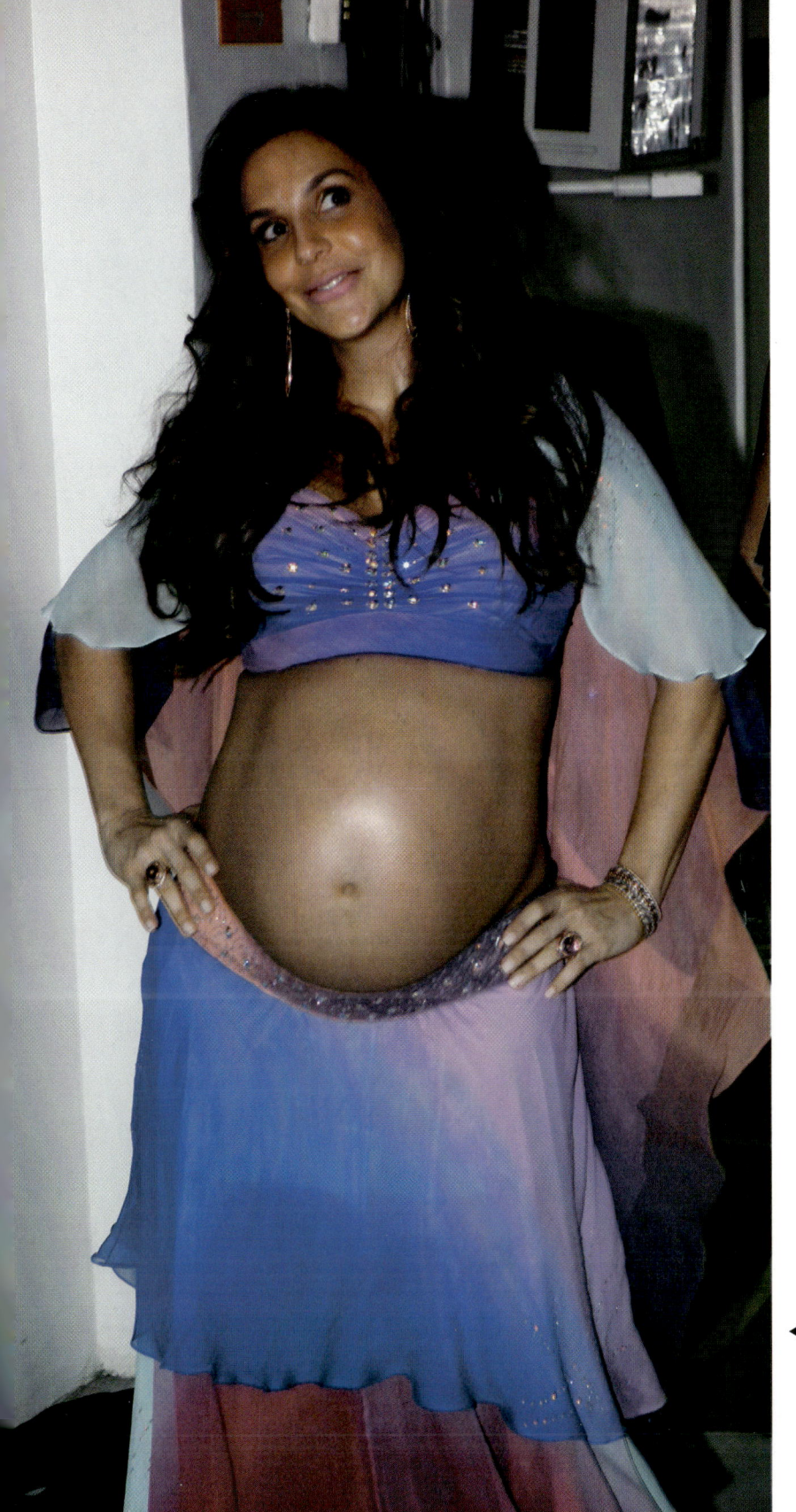

◄ Em 2009, grávida, no Prêmio Multishow. *Foto: Cecília Acioli/Folhapress*

ANOS 2000

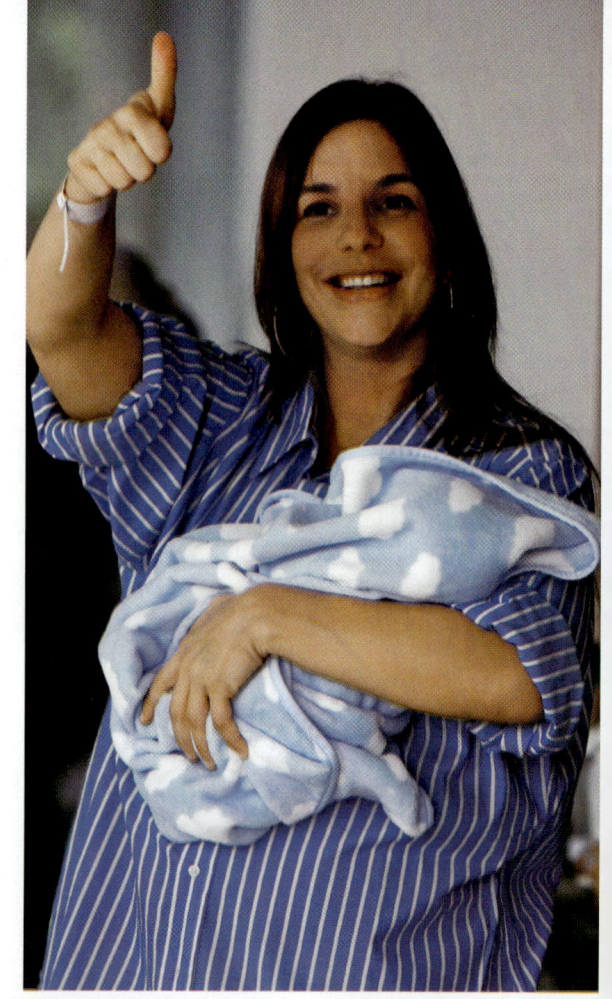

▶ Deixando a maternidade com o filho nos braços. Aos 37 anos, ela deu à luz um menino na noite do dia 2 de outubro de 2009, no hospital Português, em Salvador. *Foto: Lúcio Távora/Ag. A Tarde/Folhapress*

▼ A cantora faz exercícios na academia que mantém em sua casa, em Salvador, Bahia. *Foto: Ana Ottoni/Folhapress*

ANOS 2000

◀ Ivete recebe o Prêmio TIM de Música como melhor cantora popular de 2005 junto ao cantor Lenine.
Foto: João Cordeiro Jr/Folhapress

▲ Em 2007, com a camisa do seu time de coração, Ivete bate uma bolinha no estádio Barradão, em Salvador.
Foto: Eduardo Martins/Ag. A Tarde/Folhapress

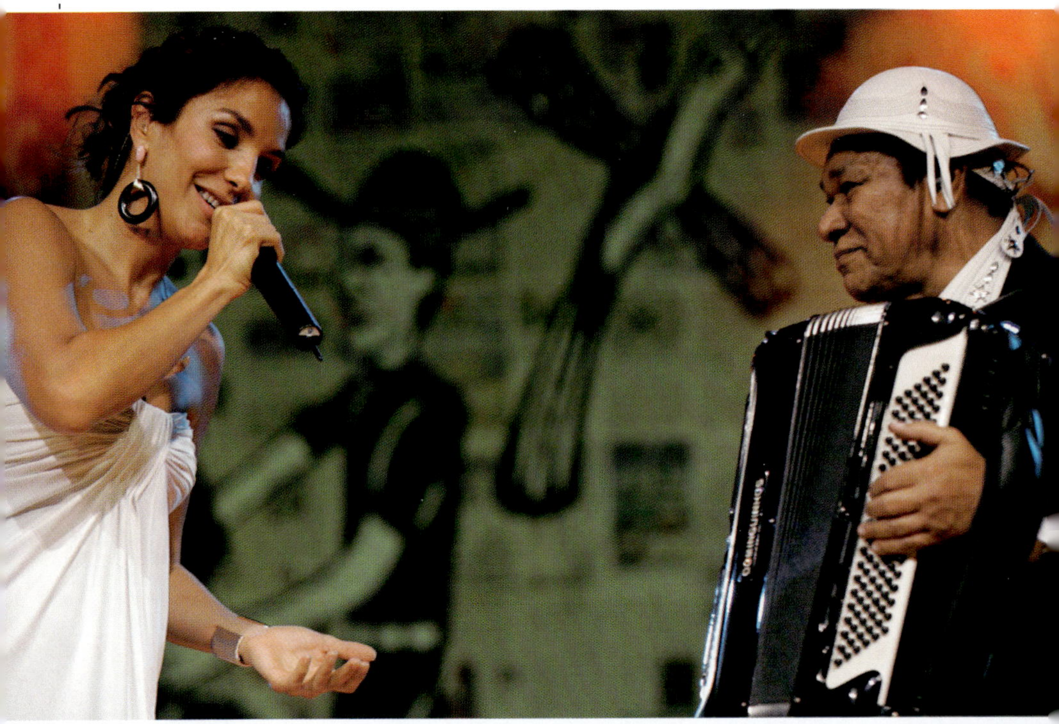

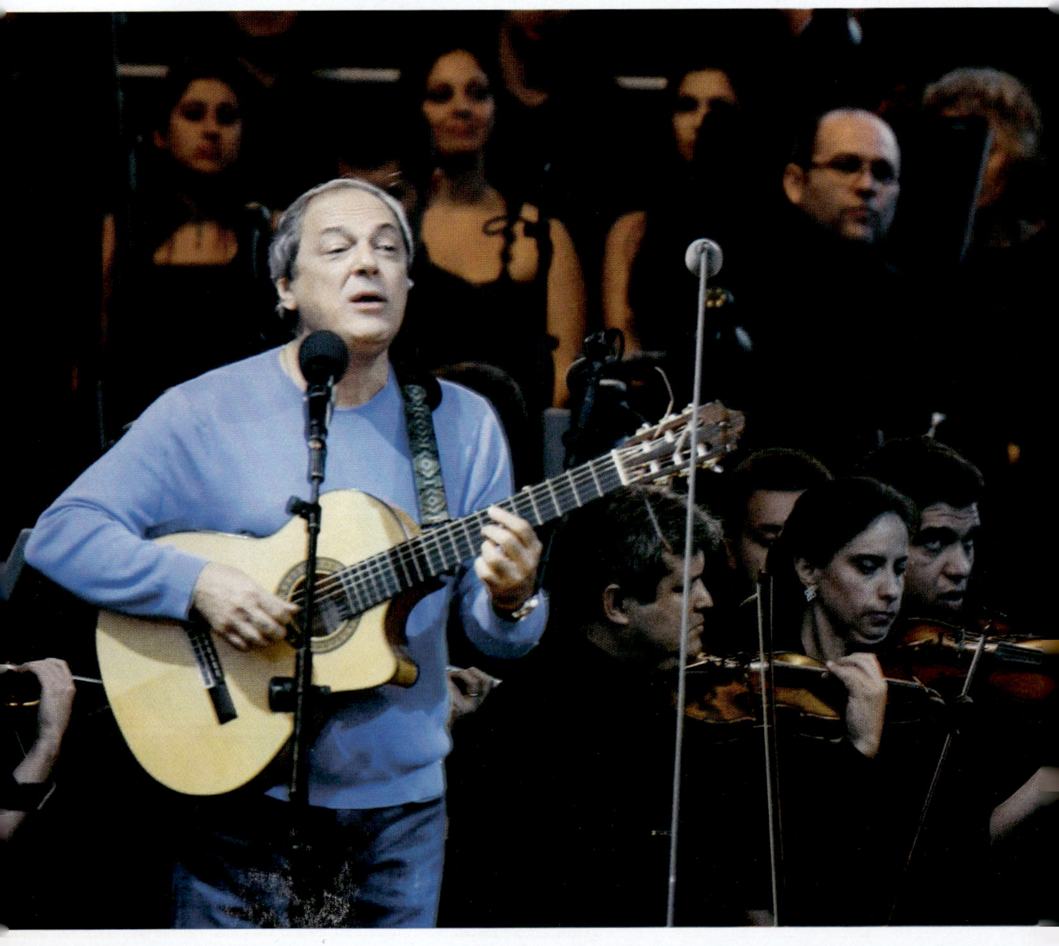

ANOS 2000

◀ Mai/2008: Com Dominguinhos no 6º Prêmio Tim de Música, no Theatro Municipal, no Rio de Janeiro. *Foto: Deisi Rezende/CPDoc JB/Folhapress*

▼ Abr/2009: Ivete se apresenta ao lado do tenor italiano Andrea Bocelli e do artista brasileiro Toquinho, no Parque da Independência, em São Paulo.

Durante o show, ela confirmou que estava grávida do estudante de nutrição Daniel Cady. *Foto: Marlene Bergamo/Folhapress*

ANOS 2000

▶ A artista com o amigo, conterrâneo e também cantor, Netinho, no Bloco Coruja, em fevereiro de 2006. *Foto: Luciano da Matta/Ag. A Tarde/Folhapress*

▲ Ivete e Gilmelândia se apresentam no Carnaval de 2008, no Bloco Coruja, em Salvador. *Foto: Eduardo Martins/AG. A Tarde/Folhapress*

ANOS 2000

▲ 2006: Xuxa sobe no trio ao lado de Ivete no Bloco Coruja, em desfile no Circuito do Campo Grande, em Salvador.
Foto: Jefferson Coppola/Folhapress

ANOS 2000

▼ Ivete canta no Sarau do Brown, realizado no Museu do Ritmo, em Salvador, ao lado do amigo Carlinhos Brown. *Foto: Elói Corrêa/Ag. A Tarde/Folhapress*

DÉCADA DE 2010

◀ No Festival de Salvador 2010, usando um figurino de mágico.
Foto: Thiago Teixeira/ Ag. A Tarde/Folhapress

DÉCADA DE 2010

DÉCADA DE 2010

◀ Em todas as apresentações no Carnaval de 2014, em Salvador, Ivete usou roupas brancas e glamurosas.

Pág. anterior: no bairro Campo Grande, durante o Carnaval em Salvador. *Foto: Mauro Akin Nassor/Fotoarena/Folhapress*

Ao lado: no Bloco Coruja, Campo Grande-Sé, em Salvador. *Foto: Vaner Casaes/Ag. BA-PRESS/Folhapress*

▼ Vestindo fantasia branca, a cantora homenageia Dalai Lama e Nelson Mandela em trio no Circuito Dodô (Barra), em Salvador. *Foto: Lúcio Tavora/Ag. A Tarde/Folhapress*

DÉCADA DE 2010

▼ No Circuito Dodô, Carnaval de 2014, em Salvador. *Foto: Raul Spinassé / Ag. A Tarde/ Folhapress*

DÉCADA DE 2010

DÉCADA DE 2010

DÉCADA DE 2010

◀ 14/dez/2013: durante a gravação do CD/DVD *Ivete Sangalo 20 anos*, na Arena Fonte Nova, em Salvador. *Foto: Acervo pessoal*

▼ Com o marido, Daniel Cady, no Carnaval de 2012. *Foto: Zanone Fraissat/Folhapress*

DÉCADA DE 2010

▶ 21/fev/2012: cantando para multidão no Circuito Campo Grande (Osmar), em Salvador. *Foto: Raul Spinassé/ Ag. A Tarde/Folhapress*

▼ Ivete faz festa de debutante no Festival de Verão 2013, em Salvador, e dança valsa com Gilberto Gil. *Foto: Erik Salles/ Ag. BAPress/Folhapress*

DÉCADA DE 2010

◀ Ivete canta com o público, só voz e violão, no Festival de Verão 2013, em Salvador. *Foto: Mauro Akin Nassor/ Fotoarena/Folhapress*

DÉCADA DE 2010

▼ 14/dez/2013: durante a gravação do CD/DVD *Ivete Sangalo 20 anos*, na Arena Fonte Nova, em Salvador.
Foto: Acervo pessoal

DÉCADA DE 2010

DÉCADA DE 2010

▶ Ivete demonstra carinho aos operários que revitalizaram a Arena Fonte Nova às vésperas da gravação do seu DVD em comemoração aos vinte anos de carreira, em 2013. *Foto: Lúcio Távora/Ag. A Tarde/Folhapress*

DÉCADA DE 2010

▲ A cantora, em 2013, participou do encerramento da Copa das Confederações e agitou o público com seus sucessos.
Foto pág. anterior: Celso Pupo/Fotoarena/Folhapress
Foto acima: Ricardo Nogueira/Folhapress

DÉCADA DE 2010

▶ 14/dez/2013: durante a gravação do CD/DVD *Ivete Sangalo 20 anos*, na Arena Fonte Nova, em Salvador.
Foto: Acervo pessoal

DÉCADA DE 2010

DÉCADA DE 2010

▶ Ivete se apresenta no Rock in Rio 2013. *Foto: Marcio Cassol/Futura*

▼ Diversão com Jair Rodrigues no 18º Prêmio Multishow, em 2011. *Foto: Marcos Michael/Folhapress*

DISCO-GRAFIA

•••

CARREIRA SOLO

IVETE SANGALO (1999)

Primeiro álbum solo da cantora, conta com as músicas "Tô na rua", "Sá Marina" e "Tá tudo bem", além de um dos maiores sucessos da carreira de Ivete: "Se eu não te amasse tanto assim".

1. Canibal
2. Tá tudo bem
3. 100 o seu amor
4. Música pra pular brasileira
5. Monsieur Samba
6. Medo de amar
7. Eternamente
8. Tô na rua
9. Chuva de flor
10. Tenho dito
11. Destino
12. Sá Marina
13. Se eu não te amasse tanto assim
14. Bota pra ferver

BEAT BELEZA (2000)

Esse álbum possui músicas que entraram para a história da artista, como "Pererê", "Empurra-empurra" e "A lua que eu te dei", e tem a participação do ídolo e amigo Gilberto Gil na faixa "Balanço black".

1. Me deixe em paz
2. Tanta saudade
3. Pererê
4. Rosa roseira
5. Bug-bug, bye-bye
6. A lua que eu te dei
7. Balanço black
8. Postal
9. Beat beleza
10. Vira-vira
11. Quer que eu vá
12. Meu abraço
13. Romance muito louco
14. Empurra-empurra

FESTA (2001)

A faixa-título, "Festa", se tornou o hino das torcidas dos times de futebol e da seleção brasileira pentacampeã da Copa do mundo de 2002. Esse álbum teve a participação do cantor americano Brian McKnight na faixa "Back At One".

1. Ruas e rios
2. Festa
3. Astral
4. Penso
5. Meu maior presente
6. E tudo mais
7. O grande chefe
8. Tum-tum, goiaba
9. Aqui vai rolar
10. Pop zen
11. Em mim, em você
12. Assimétrica
13. Narizinho
14. Back At One

SE EU NÃO TE AMASSE TANTO ASSIM (2002)

Esse álbum faz uma compilação dos maiores sucessos românticos da cantora, dona de uma interpretação apaixonada.

1. *Se eu não te amasse tanto assim*
2. *A lua que eu te dei*
3. *Coleção*
4. *Back At One*
5. *Frisson*
6. *Medo de amar*
7. *Meu abraço*
8. *Fullgás*
9. *O sal da terra*
10. *Em mim, em você*
11. *Postal*
12. *Por causa de você, menina*
13. *Meu maior presente*
14. *Loucuras de uma paixão*

CLUBE CARNAVALESCO INOCENTES EM PROGRESSO (2003)

Álbum recheado de sucessos, como "Somente eu e você", que fez parte da trilha sonora da novela *Kubanacan*, da Rede Globo, "Sorte grande", "Azul da moda" e a releitura de "Você e eu, eu e você (juntinhos)", de Tim Maia.

1. *Brasileiro*
2. *Ritmo gostoso*
3. *Sorte grande*
4. *Verdadeiro Carnaval*
5. *Só pra me ver*
6. *Pan-americana*
7. *Faz tempo*
8. *Retratos e canções*
9. *Devagar e sempre*
10. *Vai dar certo*
11. *Azul da moda*
12. *Você e eu, eu e você (juntinhos)*
13. *Natural Collie*
14. *Somente eu e você (moonglow)*

MTV AO VIVO – 10 ANOS (2004)

Primeiro álbum solo ao vivo, compila grandes sucessos da carreira de Ivete. Tem participação de Gilberto Gil, Sandy e Júnior, Margareth Menezes, Daniela Mercury, Tatau e Davi Moraes.

1. Eva / Alô, paixão / Beleza rara
2. Vem, meu amor / Nossa gente (Avisa lá)
3. Flor do reggae
4. Carro velho
5. Tô na rua
6. Empurra-empurra
7. Céu da boca
8. Chica-chica boom chic
9. Só pra me ver
10. Sorte grande
11. Festa
12. Astral
13. Faz tempo
14. A lua que eu te dei
15. Se eu não te amasse tanto assim
16. De ladinho
17. Pererê
18. Canibal

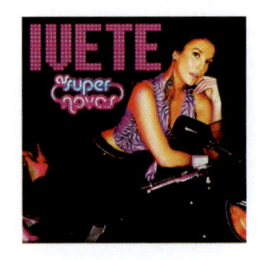

AS SUPERNOVAS (2005)

Este álbum conta com os sucessos "Abalou" e "Quando a chuva passar", que fez parte da trilha sonora da novela *Cobras & Lagartos*, da Rede Globo. Outro ponto marcante são as regravações de "Soy Loco Por Ti, America" e "Chorando se foi", sucesso mundial na década de 1980.

1. Abalou
2. Poder
3. Pra sempre ter você
4. A galera
5. Eh! Maravilha
6. Zum-zum ê
7. Cadê você?
8. Quando a chuva passar
9. Na Bahia
10. Mega beijo
11. Soy Loco Por Ti, America
12. Chorando se foi

MULTISHOW AO VIVO NO MARACANÃ (2007)

O segundo álbum ao vivo da carreira solo foi gravado no Maracanã, com o público de 60 mil pessoas, e teve os cantores Alejandro Sanz, Saulo Fernandes, Durval Lelis, Samuel Rosa e MC Buchecha como convidados. Entre os sucessos, estão "Berimbau metalizado", "Deixo" e "Não precisa mudar".

1. Never Gonna Give You Up / Abalou
2. Não quero dinheiro, só quero amar
3. Berimbau metalizado
4. Corazón Partío
5. Ilumina
6. Não me conte seus problemas
7. Não precisa mudar
8. A galera
9. Dengo de amor
10. Citação: É difícil / Chorando se foi
11. Bota pra ferver
12. Quando a chuva passar
13. Deixo
14. Não vou ficar
15. Nosso sonho / Conquista / Poder
16. País tropical / Arerê / Taj Mahal
17. Completo (faixa bônus)

A CASA AMARELA (2008)

Este é um CD infantil para ouvir com toda a família. São músicas inéditas cantadas por Ivete e Saulo Fernandes, além da participação especial de Xuxa em uma das faixas.

1. Bicho
2. Fantasia
3. Fruru
4. A casa amarela
5. Mundo de Lela
6. Sensacional
7. É bom viajar
8. Funk do xixi
9. Maria flor
10. Sono (com Xuxa)
11. Enfim vencer

CD / DVD MULTISHOW – PODE ENTRAR (2009)

Neste registo, Ivete recebeu convidados muito especiais em sua casa em Salvador, onde construiu um estúdio, como Marcelo Camelo, Carlinhos Brown, Lulu Santos, Maria Bethânia e Aviões do Forró.

1. Balakbak
2. Cadê Dalila?
3. Teus olhos (com Marcelo Camelo)
4. Agora eu já sei
5. Brumario (com Lulu Santos)
6. Meu segredo
7. Completo (com Mônica Sangalo)
8. Eu tô vendo
9. Na base do beijo
10. Sintonia e desejo (com Aviões do Forró)
11. Oba-oba
12. Viver com amor
13. Vale mais (com Saulo Fernandes)
14. Meu maior presente
15. Quanto ao tempo (com Carlinhos Brown)
16. Muito obrigada, axé
17. Não me faça esperar

MULTISHOW AO VIVO – IVETE SANGALO NO MADISON SQUARE GARDEN (2010)

Ivete gravou o CD e o DVD do show que fez em Nova York, para 15 mil pessoas. Este registro contou com as participações especiais de Seu Jorge, Nelly Furtado, o colombiano Juanes e o argentino Diego Torres. Entre os sucessos, estão "Desejo de amar", "Pensando em nós dois" e "Aceleraê".

1. Brasileiro
2. Aceleraê (Noite do bem)
3. Cadê Dalila?
4. Flores (Sonho épico)
5. Desejo de amar
6. Darte (com Juanes)
7. Pra falar de você
8. Human Nature
9. Pensando em nós dois
10. Me abraça / Eternamente / Tá tudo bem / Pegue aí
11. Where It Begins (com Nelly Furtado)
12. Easy
13. Ahora Ya Se (com Diego Torres)
14. Meu segredo
15. Berimbau metalizado
16. Qui Bele
17. Festa / Sorte grande
18. Na base do beijo

BALADAS DA IVETE (2012)

Esse CD, uma coletânea virtual lançada pelo iTunes, possui 15 faixas românticas da cantora.

1. Eu sei que vou te amar
2. A lua que eu te dei (ao vivo)
3. Pensando em nós dois
4. Quando a chuva passar
5. Fullgás (acústico)
6. Teus olhos (com Marcelo Camelo)
7. Completo (com Mônica Sangalo)
8. Me abraça (ao vivo)
9. Deixo
10. Faz tempo
11. Retratos e canções
12. Coleção (ao vivo)
13. Eu nunca amei alguém como te amei
14. Se eu não te amasse tanto assim
15. Alô, paixão

CD/DVD ESPECIAL IVETE, GIL E CAETANO (2012)

Ivete Sangalo, Gilberto Gil e Caetano Veloso arrebatam o público nesse encontro emocionante e interpretam 16 pérolas da MPB que retratam relações de inspiração e amor entre poetas e suas musas. Elegantes e brincalhões, os três artistas baianos passeiam por composições de seus repertórios, além de músicas de Chico Buarque e Herbet Vianna.

1. A novidade
2. Toda menina baiana
3. O meu amor
4. Tá combinado
5. A linha e o linho
6. A luz de Tieta
7. Tigresa
8. Você é linda
9. Atrás da porta
10. Super-homem (a canção)
11. Se eu não te amasse tanto assim
12. Olhos nos olhos
13. Drão
14. Dom de iludir
15. Amor até o fim

IVETE – REAL FANTASIA (2012)

O décimo trabalho da carreira solo conta com 12 canções que mostram o estilo versátil e contagiante da artista de axés, levadas pop e baladas, além de duas faixas bônus — "Eu nunca amei alguém como te amei", da trilha sonora da novela *Fina estampa*, e "Me levem embora", da novela *Gabriela*, ambas da Rede Globo. A versão *deluxe* do CD tem a faixa "Dançando", com a participação da cantora colombiana Shakira.

1. Veja o Sol e a Lua
2. No brilho desse olhar
3. Balançando diferente
4. Dançando
5. Só nós dois
6. Só num sonho
7. Delira na guajira
8. Real fantasia
9. Puxa-puxa
10. No meio do povão /
Citação: Depois que o Ilê passar
11. Essa distância
12. Isso não se faz
13. Me levem embora
14. Eu nunca amei alguém como te amei

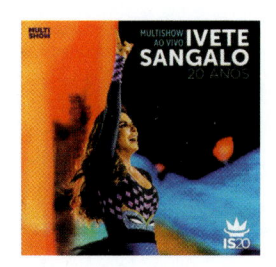

MULTISHOW AO VIVO – IVETE SANGALO 20 ANOS (2014)

O álbum comemorativo pelos vinte anos de carreira revisita toda a obra da cantora. Gravado em show para 40 mil pessoas na Arena Fonte Nova, em Salvador, tem direção de show assinada pela própria cantora, direção de vídeo de Nick Wickham (que já trabalhou com Madonna e Beyoncé) e direção musical de Radamés Venâncio.

1. Tempo de alegria
2. Aceleraê (Noite do bem) / Festa / Sorte grande
3. Veja o Sol e a Lua
4. Dançando
5. Obediente
6. Pra frente
7. Pra você
8. Amor que não sai
9. Could You Be Loved
10. Adeus bye-bye
11. Beleza rara / Tum-tum, goiaba
12. Me engana que eu gosto
13. Beijo de hortelã
14. Só num sonho
15. Cruisin'
16. Real fantasia
17. Empurra-empurra / Arerê
18. Careless Whisper

DISCO-GRAFIA

...

IVETE NA BANDA EVA

BANDA EVA (1993)

O primeiro álbum da banda com Ivete como cantora. Teve como grande destaque a música "Adeus bye-bye".

1. Adeus bye-bye
2. Tributo ao apache
(Chega mais / Pomba branca / Foi nesse passo / Bola de neve)
3. Minha galera
4. Tamanco malandrinho
5. Você não está
6. Timbaleiro
7. Ilaruá
8. Torres de Babel
9. Cara do prazer
10. Pot-pourri do EVA
(Frevo EVA / Eu vou no EVA / Leva eu)

PRA ABALAR (1994)

Pra abalar foi o segundo álbum da Banda Eva. Teve como destaques as músicas "Flores" e "Alô, paixão".

1. Flores (Sonho épico)
2. Alô, paixão
3. Nega retada / Mulata assanhada
4. Pra abalar
5. Batismo
6. Sedução
7. No meio das estrelas
8. Adão
9. Me dê a mão
10. Abadá
11. Vagabundo absoluto

HORA H (1995)

Hora H tornou a Banda Eva conhecida nacionalmente. Como sucessos, as músicas "Me abraça", "Pegue aí" e "Cupido vadio".

1. *Cupido vadio*
2. *Me abraça*
3. *Beijo veneno*
4. *Naná Naná*
5. *Hora H*
6. *Tá na cara*
7. *Nabucodonosor*
8. *Coleção*
9. *Pegue aí*
10. *Querer*
11. *Manda ver*
12. *Pot-pourri de capoeira (Na onda do berimbau / Vi dois camarões sentados / Paranauê)*
13. *Neguinho blues (instrumental)*

BELEZA RARA (1996)

Teve a participação do cantor Netinho na música "Química perfeita". A faixa de maior sucesso foi "Beleza rara".

1. Beleza rara
2. Levada louca
3. Onda de desejo
4. EVA, o bloco
5. Saudade do Ilê
6. Menino do Rio
7. Tic-tic-tac
8. Química perfeita (com Netinho)
9. É agora
10. Idioma da paixão
11. Chorando saudade
12. Amei demais

BANDA EVA AO VIVO (1997)

Primeiro CD ao vivo de Ivete na Banda Eva, teve como sucessos as músicas "Arerê", "Eva" e "Vem, meu amor".

1. *Manda ver*
2. *Levada louca*
3. *Beleza rara*
4. *Alô, paixão*
5. *Vem, meu amor*
6. *Leva eu*
7. *Coleção*
8. *Arerê*
9. *Me abraça*
10. *Tão seu (versão de estúdio)*
11. *Pegue aí*
12. *Miragem*
13. *Eva*
14. *Flores (Sonho épico)*

EVA, VOCÊ E EU (1998)

Último CD da Banda Eva com Ivete como vocalista. Lançou os sucessos "De ladinho" e "Carro velho".

1. Carro velho
2. Nayambling Blues
3. De ladinho
4. Minha paixão
5. Coração timbaleiro
6. Frisson
7. Pra colorir
8. Fã
9. Oi, eu veia
10. Eparre baba
11. Digubelo
12. Eva, você e eu
13. Madalena

DISCO-
GRAFIA

• • •

COLETÂNEAS

A ARTE DE IVETE SANGALO (2005)

1. Tanta saudade
2. O sal da terra
3. Sá Marina
4. Por causa de você, menina
5. Pop zen
6. Sorte grande
7. Deixa a menina
8. Flor do reggae
9. Medo de amar
10. Madalena
11. Loucuras de uma paixão
12. A lua que eu te dei
13. Fullgás
14. Postal
15. De volta pro aconchego
16. Back At One
17. A girafa
18. Trem das onze
19. Se eu não te amasse tanto assim
20. Festa

NOVO MILLENNIUM – IVETE SANGALO (2005)

1. Flor do reggae (ao vivo)
2. Sorte grande
3. Bug-bug, bye-bye
4. De ladinho (com Banda Eva)
5. Canibal
6. Se eu não te amasse tanto assim
7. Carro velho (com Banda Eva)
8. Somente eu e você
9. Pererê
10. Back At One (com Brian McKnight)
11. Penso
12. Beleza rara (com Banda Eva)
13. Por causa de você, menina (com Jorge Ben Jor)
14. A lua que eu te dei
15. Narizinho
16. Coleção (com Banda Eva)
17. Tá tudo bem
18. Vem, meu amor (com Banda Eva)
19. Loucuras de uma paixão (com Jorge Aragão)
20. Festa

O MELHOR DE IVETE SANGALO (2006)

1. Fiesta
2. Si Yo No Te Amase Tanto Así
3. La Tierra
4. Arerê
5. De ladinho
6. Canibal
7. A lua que eu te dei
8. Soy Loco Por Ti, America
9. Abalou
10. Quando a chuva passar
11. Sá Marina
12. Chorando se foi
13. Festa
14. Sorte grande

PERFIL: IVETE SANGALO (2008)

1. Arerê (ao vivo, com Banda Eva)
2. Sorte grande
3. Abalou
4. Berimbau metalizado
5. Flor do reggae (ao vivo)
6. A lua que eu te dei
7. Deixo (ao vivo)
8. Quando a chuva passar
9. Se eu não te amasse tanto assim
10. Eva (ao vivo)
11. Tá tudo bem
12. De ladinho
13. Carro velho
14. Canibal
15. Festa
16. Pererê

SEM LIMITES (2008)

CD 1
1. Sorte grande
2. Não precisa mudar (ao vivo)
3. Abalou
4. Se eu não te amasse tanto assim (ao vivo)
5. Canibal
6. Quando a chuva passar
7. Flor do reggae
8. Soy Loco Por Ti, America
9. Por causa de você, menina (ao vivo)
10. Penso
11. Fullgás
12. Back At One (versão em português)
13. Tô na rua
14. Tá tudo bem
15. Céu da boca

CD 2
1. Festa
2. Deixo
3. Berimbau metalizado
4. A lua que eu te dei
5. Não me conte seus problemas
6. Bug-bug, bye-bye
7. O sal da terra
8. Poder
9. Faz tempo
10. Pererê
11. Loucuras de uma paixão
12. Somente eu e você
13. Sá Marina
14. Narizinho
15. Chorando se foi

DUETOS (2010)

1. Corazón Partío (com Alejandro Sanz)
2. Estrela cadente (com Alexandre Pires)
3. Se eu não te amasse tanto assim (com Roberto Carlos)
4. Teus olhos (com Marcelo Camelo)
5. E agora nós (com Sorriso Maroto)
6. Não vou ficar (com Samuel Rosa)
7. Céu da boca (com Gilberto Gil)
8. Por causa de você, menina (com Jorge Ben Jor)
9. Muito obrigada, axé (com Maria Bethânia)
10. Dunas (com Rosa Passos)
11. Não precisa mudar (com Saulo Fernandes)
12. Chão da praça (com Margareth Menezes)
13. Amor que fica (com Zezé di Camargo & Luciano)
14. Sintonia e desejo (com Aviões do Forró)
15. Quanto ao tempo (com Carlinhos Brown)
16. Nosso sonho / Conquista / Poder (com MC Buchecha)

AS NOSSAS CANÇÕES (2013)

1. Amor em paz
2. Não Me Compares (dueto com Alejandro Sanz)
3. Pensando em nós dois (com Seu Jorge)
4. Eu nunca amei alguém como te amei (Eduardo Lages, Paulo Sérgio Valle)
5. No brilho desse olhar (Dan Kambaiah, Davi Salles)
6. Deixo (ao vivo)
7. Quando a chuva passar
8. Agora eu já sei
9. Atrás da porta (com Caetano Veloso e Gilberto Gil)
10. Me levem embora
11. Coleção (ao vivo)
12. Teus olhos (com Marcelo Camelo)
13. Easy (ao vivo, no Madison Square Garden)
14. O meu amor (com Caetano Veloso e Gilberto Gil)
15. Retratos e canções
16. Eu sei que vou te amar

PUBLISHER
Kaíke Nanne

EDITORA EXECUTIVA
Carolina Chagas

COORDENAÇÃO DE PRODUÇÃO
Thalita Aragão Ramalho

ASSISTENTE DE PRODUÇÃO
Lara Gouvêa

PRODUÇÃO EDITORIAL
Anna Beatriz Seilhe

REVISÃO
Marina Sant'ana
Thiago Braz

PROJETO GRÁFICO DE MIOLO E DIAGRAMAÇÃO
Marília Bruno

CAPA
Luiz Basile - Casa Desenho Design

Este livro foi impresso no Rio de Janeiro, em 2014, pelo selo Agir. O papel do miolo é offset 75g/m², e o da capa é cartão 250g/m².